톱스타의 킬링 필드

톱스타의 킬링 필드 2

초판 1쇄 인쇄일 2017년 1월 19일 | **초판 1쇄 발행일** 2017년 1월 23일

지은이 권하율 | **펴낸이** 곽동현 | **담당편집 팀장** 이범수
편집부 신연제 이윤아 홍현주 김유진 조서영 임소담

펴낸곳 (주)조은세상 | 출판등록 제2002-23호
주소 경기도 연천군 미산면 청정로1355
TEL 편집부 02)587-2966 | FAX 02)587-2922
e-mail bukdu@comics21c.co.kr

권하율 ⓒ 2016
ISBN 979-11-5832-859-7 | ISBN 979-11-5832-621-0(set) | 값 8,000원

톱스타의 킬링필드

Hell is coming

2

권하율 퓨전판타지 장편소설

NEO FUSION FAN

권하율 퓨전판타지 장편소설

NEO FUSION FANTASY STORY

CONTENTS

Hell is coming

톱스타의 킬링 필드

Hell is coming

chapter 1. 초석을 다지다

Hell is coming

chapter 1. 초석을 다지다

"그나저나… 진짜 쉽지는 않은 배역이네."

갑작스런 회의 때문에 대기실에서 기다리게 된 강혁은 이번에 오디션을 보게 될 배역의 에피소드에 대한 시나리오를 보고 있었다.

에피소드의 제목은 〈어긋난 사랑〉 이었다.

제목만 봐서는 치정과 관련이 있을 것만 같은 뉘앙스의 시나리오.

하지만 찬찬히 읽어본 시나리오는 그런 것과는 전혀 관련이 없는 그야말로 미치광이 살인마의 이야기였다.

엘류 존슨.

오디션에 통과하게 된다면 강혁에 맡게 될 배역이자 이번 에피소드의 주축이 된다고도 할 수 있는 인물.

광기와 비탄에 물들어버린 남자.

그의 이야기를 담은 에피소드의 시나리오의 내용은 이러했다.

엘류 존슨은 본래 공포 소설을 써서 유명해진 중견 작가였는데, 가면 갈수록 더 무거우면서도 기괴해지는 이야기에 극소수의 팬들을 제외한 대부분의 독자층들로부터 철저히 외면 받고 있는 실패자였다.

그를 데뷔시켰던 편집자는 그를 설득해 소위 잘 팔리는 소재인 로맨스 소설을 쓰라고 했지만 쭉 공포 소설만을 써왔던 그가 로맨스 소설을 잘 쓸 수 있을 리는 만무.

잠도 자지 않고서 노력하며 십수 권이나 되는 분량의 글을 써내려갔지만 그는 결국 재기할 수 없었다.

끝까지 믿어줄 것만 같았던 편집자는 매정하게 그를 내버렸으며 유일한 가족이었던 어머니는 강도를 당해 죽어버리고 만다.

그야말로 최악이라고 불러도 이상하지 않을 상황.

대출을 갚지 못해 한 달 뒤에는 살고 있는 집에서조차 쫓겨 날지 모르는 암담한 상황에 엘류 존슨은 결국 미치고 말았다.

습관적으로 복용하던 우울증 약의 효과와 더불어 환각

증세에 시달리기 시작한 것이다. 환각 증세를 통해 나타나 그에게 말을 거는 존재는 다름 아닌 악마였다.

무엇보다 재능이 고팠던 엘류 존슨의 무의식이 불가능한 일이라고 해도 이루어낼 수 있는 초월적인 존재인 '악마' 를 만들어냈던 것.

환각 속의 악마는 그에게 이렇게 제안했다.

[만약 내가 시키는 일을 한다면 글을 잘 쓸 수 있는 능력 을 주도록 하지.]

라고.

한계까지 몰려있던 엘류 존슨은 악마의 제안을 수락하고 말았다.

여성을 살해해 그 피와 심장을 제물로 바치라는 말도 안 되는 제안을 수락한 것이다.

그렇게 해서 밖으로 나섰던 그의 첫 타겟은 길거리를 전 전하는 창녀들 중의 하나였다.

두 배의 돈을 주겠다는 말에 의심 없이 차에 탑승해서 따 라온 창녀를 집안까지 데려간 그는 어렵사리 첫 살인을 성 공시킬 수 있었다.

그리고 그는 정말로 악마가 말했던 대가를 받을 수 있었 다.

거짓말처럼 글이 잘 적혀지기 시작한 것.

그렇게 시작된 소설의 장르는 다름 아닌 공포 로맨스였다.

악몽을 통해 지옥에 먹혀버린 남자 작가와 그를 담당하는 여자 편집자간의 사랑을 그린 이야기.

엘류 존슨은 마치 홀리기라도 한 것처럼 1챕터 분량에 달하는 내용의 소설을 단숨에 써내려갔지만 거짓말처럼 그 다음의 이야기는 조금도 적혀지지 않았다.

이야기의 완성을 위해서 그는 결국 계속해서 악마의 제안을 수락하는 수밖에는 없었다.

그렇게 시작된 살인 행각.

희생자가 늘어나면 날수록 엘류 존슨의 움직임은 점점 더 대담해졌으며 더욱더 정교해지기까지 했지만… 꼬리가 길면 결국에는 밟히는 법이었다.

토막 내어 쓰레기통에 버렸던 희생자들의 신체 일부가 노숙자에 의해 발견된 것이다.

그것을 시작으로 비슷한 형태의 토막난 시체들이 일곱 구나 더 발견되자 경찰은 지원을 요청할 수밖에 없었다.

그렇게… 연락을 받은 FBI 프로파일러 팀이 도착하며 이야기는 본격적으로 진행된다. 희생자들이 살해된 방식이나 엘류 존슨이 무심코 흘리고만 단서들을 통해 그를 추적해 나가기 시작하는 것이다.

한편 그쯤 이미 신작 소설의 집필이 거의 끝을 향해 내달려가고 있던 그는 자신을 버렸던 편집자에게 그 동안 써왔던 분량의 소설 파일을 메일로 보낸다.

그야말로 걸작이라고 해도 좋을 완성도의 소설에 편집자는 흥분하며 곧장 전화를 걸어왔고 엘류 존슨은 그녀를 집으로 초대했다.

아직 쓰여 지지 않은 소설의 완결을 짓기 위해서였다.

그것을 위해서는 그녀의 죽음이 필요했으니까.

아무런 의심 없이 찾아온 편집자를 기절시킨 엘류 존슨은 그녀를 지하의 고문실로 데려가 최대한 잔혹한 죽음을 준비하지만, 간발의 차로 프로파일러 팀과 특공대가 도착하며 마지막을 위한 살인은 실패하고 만다.

실랑이 끝에 엘류 존슨은 미간에 총을 맞아 죽게 되고 고문에 의해 피투성이가 되어있던 편집자는 구출되어 병원으로 가게 된다.

말 그대로 어긋난 사랑으로 인해 시작된 이야기가 막을 내리게 된 것이다.

모든 사건이 끝나고서 복귀한 뒤 불과 한 달이 지나지 않아 세상에는 '지옥의 부름' 이라는 제목의 소설이 출간되어 엄청난 인기를 끌게 된다.

엘류 존스의 마지막 작품은 미완성인 채로도 걸작이라고 불러도 좋을 만큼 소름끼치는 완성도를 지니고 있었기 때문이었다.

소설가로써 자신의 이름을 널리 알리고 싶었던 그의 작품이 그가 죽고 나서, 그것도 그가 죽이고자 했던 애증의 상대에 의해 알려지고 유명해지게 되다니… 참으로 아이러니한 일이었다.

에피소드 9편의 시나리오의 내용은 거기까지였다.

다시 봐도 결코 쉽지 않은 난이도의 배역.

'미쳐버린 남자라……'

엘류 존슨은 결코 일관적이거나 평면적인 인물이 아니었다.

때문에 강혁은 좀 더 다양한 관점에서의 접근을 해야만 했다.

'미치기 전의 엘류 존슨과 그 후의 엘류 존슨은 전혀 다른 사람이라고 좋을 정도니까.'

뿐만 아니라 강혁은 엘류 존슨에게 말을 걸어오는 '환각 속의 악마'의 역할도 소화해야만 했다.

악마는 엘류 존슨의 내면에 잠재되어 있던 간절한 소망이 뒤틀어져서 만들어진 그 자신의 투영이기 때문이다.

'시나리오 작가가 누군진 모르겠지만 이건 정말 심하네.'

엘류 존슨의 배역을 맡는다는 것은 사실상 1인 3역에 가까운 롤을 소화해야 한다는 뜻이었다.

"…잘할 수 있을까?"

강혁은 자신도 모르게 의기소침한 한숨을 토하고 말았다.

각기 다르면서도 똑같은 연관점을 지닌 3명의 캐릭터를 연기한다.

그것은 정말로 쉬운 일이 아니었다. 단순히 별개의 캐릭터를 연기하는 것이 아니라 그들이 모두 '엘류 존슨'이라는 하나의 인물로써 융합되어야만하기 때문이다.

전혀 다른 성격의 인물들을 연기해야 하면서도 그들이 똑같은 인물이라는 것을 드러내 보여야만 하다니…… 이것은 게임으로 따지면 최소 하드 모드 이상 급의 난이도였다.

"……."

머릿속으로 스스로가 연기해낼 엘류 존슨의 모습을 연상해보던 강혁은 이내 상념에서 빠져나왔다.

"미안해요. 많이 기다리셨죠? 바로 안내해드릴게요."

깔끔한 인상의 안내원 여성이 대기실의 문을 열고 들어왔기 때문이었다.

강혁은 흐릿하게 남아있던 상념의 잔재를 털어내고는 안내원의 뒤를 따랐다.

❖

"오! 자네가 바로 그 살인마로구만!"

"이봐 마이클. 초면에 살인마라니 실례잖아!"

문을 열고 들어서자마자 바로 호들갑스럽게 인사를 건네

15

오는 수더분한 인상의 노인과 그에게 핀잔을 주는 비슷한 연배의 회색 수트 노인.

오디션을 보게 되는 방에는 그 두 사람 밖에는 없었다.

강혁이 멀뚱히 그들을 쳐다보고 있자 수더분한 인상의 노인이 먼저 털털하게 웃으며 말을 걸어왔다.

"허허허, 이거 미안하네. 사람을 불러놓고 내가 실례를 했어. 나는 감독인 마이클 샤밀란이라고 하네. 그리고 이 친구는……."

"나는 제임스 포터라는 사람일세. 크리미널 브레인의 시나리오 작가를 맡고 있지."

"베스트셀러를 5편이나 써낸 뛰어난 작가이기도 하지."

뭔가 정신이 없으면서도 물 흐르듯이 이어지는 두 사람의 소개에 잠시 벙 쩌 있던 강혁이 퍼뜩 정신을 차리며 고개를 숙여 보인다.

"아! 저는 강혁이라고 합니다. 아직 많이 모자란 신인 배우죠. 이번에 오디션의 기회를 제공해주셔서 감사합니다."

"허허, 이것 참! 겸손하구만? 에릭에게 들었던 거랑은 전혀 다른데?"

나참… 또 무슨 허위정보가 흘러 다니고 있는 건지.

하지만 강혁은 내색하지 않고 스무스하게 답했다.

"겸손해서 나쁠 건 없으니까요."

"그렇지. 겸손해서 나쁠 건 없지. 자네 참 마음에 드는군 그래."

제임스가 돌연 끼어들며 칭찬의 말을 건네왔다.

마이클은 이채롭다는 표정으로 강혁을 보며 말했다.

"허어… 이 친구에게 칭찬 듣기가 쉽지가 않은데…… 자네가 어지간히 마음에 든 모양이야."

"감사합니다."

강혁은 가볍게 목례를 하여 예의를 표했다.

"난 그저 보통의 젊은이에게 평범한 평가의 말을 전했을 뿐이라고."

제임스는 마이클의 말이 떨어지기가 무섭게 변명처럼 반박의 말을 내뱉었지만 칭찬에 대해 부정하지는 않는 모습이었다.

"다른 젊은 놈들은 온통 건방진 놈들뿐이니까?"

"그래. 전부 쥐꼬리만 한 유명세를 얻었다고 건방을 떠는 녀석들뿐이지."

대강 그런 느낌으로 두 사람은 이후 10여 분이나 더 만담과도 같은 대화로 시간을 보냈다.

그리고… 강혁은 방에 들어온 지 거의 30분이 다 되어서야 겨우 오디션의 테스트를 받을 수 있었다.

❖

오디션의 내용은 딱히 특별한 점은 없었다.

에피소드의 시나리오에도 나와 있던 극중 엘류 존슨의 대사를 몇 개 지정해서 연기를 보여주는 것이다.

감독 마이클 샤밀란이 주문한 대사는 총 3가지였다.

-악마의 힘이라도 빌려야만 한다면……!

-이제는 미안하다는 말도 지겹군. 그냥 죽어줘. 나의 작품을 위해서.

-기다리고 있을게. 너와 함께 시작했던 집에서.

시나리오에 적혀 있던 엘류 존슨의 대사들 중 일부.

'하지만 결코 평범한 대사들은 아니지.'

그 3가지의 대사는 엘류 존슨의 처음과 중간 끝을 표현하는 핵심적인 대사라고 할 수 있는 것이었기 때문이다.

첫 번째는 극한의 절망 속에서 악마라는 존재에게까지 매달려야만 하는 짙은 회한과 광기를 담아야만 했다.

두 번째는 어느 순간부터 기계적으로 이어져가기 시작한 살인 행각 속에서 더 이상은 죄책감이 들지 않는 자신에 대한 혐오감과 그 마저도 무감각하게 느껴지는 망가진 인간으로써의 표현.

세 번째는 마침내 완성을 앞두고 그 마지막 열쇠가 되어 줄 '옛 연인'을 부르며 느끼는 홀가분함과 애증의 표현이었다.

그리 길지도 않은 간단한 대사들이지만 그 안에 많은 뜻과 감정을 내포해야만하기에 더욱더 어려워질 수밖에 없는 난이도.

하지만 어째서일까?

강혁은 각 상황에 속한 엘류 존슨이라는 남자의 심정들이 손에 잡힐 듯이 가깝게 다가옴을 느꼈다.

'…기시감?'

언젠가 느껴본 적이 있던 감정처럼 그에게 동질감과도 같은 감정을 느끼고 있었던 것이다.

무너져가는 현실에 결국 미쳐버리고만 남자.

그의 모습은 묘하게 사혁과 닮아 있었다.

사신이라고 불렸던 남자, 사혁도 처음에는 평범한 소년이었을 뿐이니까 말이다.

다만 다른 점이 있다면 사혁은 어둠에 녹아들어 그것을 지배하였고, 엘류 존슨은 그 어둠에 먹혀버렸을 뿐이었다.

'…그리 좋은 기분은 아니군.'

강혁은 미간을 좁혔다.

과거의 기억들이 기껏 달아오르던 텐션을 급격하게 낮추었기 때문이었다.

"후우…."

하지만,

반대로 강혁은 그 어느 때보다도 확신에 차있었다.

지금부터 연기하게 될 배역은 바로 그 자신의 모습이기도 하니까.

"시작하게."

마이클의 큐 사인이 떨어지자마자 잠시 눈을 감은 채 엘류 존슨에게 빙의하여 물들기 시작한 강혁은 이내 가볍게 숨을 고르고는 투명한 눈을 들어 마이클과 제임스를 응시했다.

그리고,

다음 순간.

"악마의 힘이라도 빌려야만 한다면……!"

강혁의 연기가 시작됐다.

쨍쨍하던 햇살도 지고, 어느새 어스름이 내려앉기 시작한 저녁.

모든 하루 일과를 마치고 숙소로 돌아와 침대 드러누운 강혁은 오디션 장에서의 기억을 떠올렸다.

"…이걸로 초석은 확실히 다진 셈인가."

결과적으로 강혁은 오디션에 통과했다.

첫 번째의 대사를 내뱉자마자 그 다음 두 개의 대사를 들을 것도 없이 즉석에서 합격 판정이 내려졌던 것이다.

이걸로 이제 강혁은 2건의 배역을 따낸 상태였다.

목표인 5개의 배역까지는 앞으로 3개의 자리만이 남은 상태.

"꽤나 여유가 있네."

다작의 길 퀘스트의 제한 시간은 2달이니까 말이다.

물론 남은 2달여의 시간동안 단 하나의 배역도 얻지 못하고 공치게 될 수도 있었지만 강혁은 자신이 있었다.

'이미 초석은 다졌으니까.'

이번에 맡게 된 두 개의 배역.

그것은 그저 신인의 기회라고 여기기에는 너무나도 커다란 파급력을 지닌 작품들이었다.

이틀 뒤.

강혁은 드디어 이사를 갈 수 있었다.

데드문 측으로부터 계약금조로 2만 달러를 먼저 선금으로 받을 수 있었기 때문이었다.

물론 다 합쳐도 3만 달러 남짓의 땅값 비싸기로 유명한

LA시내의 집을 사는 것은 무리였지만, 월세라면 충분히 감당할 수 있을만한 수준의 집들이 있었다.

환경을 고려해서 강혁은 헐리우드와도 방송국들과도 멀지 않은 LA시내의 중심가로 집을 얻었다.

매달 3500달러. 그러니까 400만원에 가까운 돈을 내야 했지만 충분히 부담할 수 있는 수준의 돈이었다.

집은 4명 가족이 쾌적하게 살 수 있을 법한 크기의 2층 주택이었는데, 종욱과 둘이서 살기에는 충분하고도 남았다.

"짐은 그게 다야?"

"뭐, 그렇지. 어차피 모텔 생활이었으니까."

종욱이 캐리어를 내려놓으며 어깨를 으쓱한다.

강혁은 혀를 차며 텅 비어 휑한 거실을 돌아보았다.

"앞으로 채울게 많겠네."

"그럴려면 돈을 많이 벌어야지."

"걱정 마. 형 나 못 믿어?"

"걱정 안 한다 임마!"

우쭐대는 강혁의 말에 종욱은 실소를 머금었다.

'진짜 믿음직스러워졌네.'

처음 강혁을 맡았을 때는 이놈을 어떻게 하면 좋을까 싶었는데 말이다. 삶을 견디지 못해 행했던 자살시도가 전화위복이 되어버렸다.

'그걸 옹호하는 건 아니지만.'

뭐가 어찌됐건 자신이 맡은 연예인이 자살 시도를 했다는 명백하게 그의 책임이었다.

지금 어느 때보다도 열심히 달리고 있는 데에는 그러한 이유도 있었던 것이다.

'내가 더 잘했으면 저 녀석이 그런 선택을 하지도 않았을 테니까.'

다행히도 전화위복이 되어 강혁은 의기소침한데다가 자존심만이 가득하던 예전과는 달리 자신감 있게 스스로의 재능을 드러내 보이고 있었다.

물이 들어올 때 노를 저으라고 했던가.

'노를 젓는 정도로는 안 돼지.'

오랫동안 쉬었으니만큼 제대로 항해를 하려면 적어도 모터 정도는 달아줘야 하지 않겠는가.

'넌 내가 반드시 스타로 만들어줄게!'

그 누구에게도 말하지 않은 혼자만의 다짐을 다시금 깊이 새기며 종욱은 캐리어를 들고 2층으로 향했다.

"2층 방은 내가 쓸게."

"가구는 내가 적당히 주문한다?"

"그래."

약간은 들뜬 것처럼 보이는 강혁의 말에 적당히 답하며 종욱은 계단을 올랐다.

그런 그의 머릿속으로는 10년이라는 세월동안 쌓여져 왔던 모든 인맥들이 스쳐지나가고 있었다.

❖

휑하던 집안을 그나마 볼만하게 바꾸며 강혁은 비어있는 방 한 칸을 운동 공간으로 바꾸었다.

단순히 조깅을 하거나 아령을 드는 것 정도로는 역시 아쉬움이 느껴졌기 때문이었다.

체계적인 운동을 위해서는 짐에 가는 게 더 나을 지도 몰랐지만 강혁은 자신만의 운동 공간을 갖는 것은 선택했다.

여러 가지 이유들이 있었지만 실상은 귀찮기 때문이었다.

굳이 거창한 운동기구들을 쓰지 않고 전문 트레이너의 도움을 받지 않아도 충분히 몸을 단련할 수 있는 방법을 알고 있는데 뭐 하러 지옥 같은 트래픽을 감수하며 시간을 낭비한단 말인가.

"후욱… 후욱…."

벤치프레스에 누운 채로 강혁은 100Kg의 바를 천천히 오르내렸다.

모든 근육들이 빳빳하게 긴장한 채로 힘을 지탱한다.

그렇게 10여회 정도를 반복한 강혁은 땀투성이가 된 미끈한 상체를 쓸어내리며 호흡을 골랐다.

"벌써 시간이 저렇게 됐나?"

시간을 확인한 강혁은 옆에 걸어두었던 수건을 집어 들고는 즉시 샤워실로 향했다.

아침부터 쉬지 않고 무아지경으로 운동에 몰두하는 동안 어느새 촬영 시간이 가까워져 있었기 때문이었다.

오늘은 데드문의 촬영이 있는 날이었다.

정식으로 계약서를 쓴 이후로 첫 촬영인 것이다.

쏴아아아-

버튼을 누르자 시원한 물줄기가 쏟아지며 몸의 열기를 식혀나간다.

차가워지는 머리만큼이나 깔끔하게 깨어나는 정신에 강혁은 욕실의 벽을 짚은 채로 생각을 정리했다.

"…사냥 광이란 말이지."

단순한 깜작 등장 살인마에서 변화된 롤이었다.

이름조차 없던 단역 살인마에서 제프 하몬이라는 이름의 사냥광 살인마로 다시 태어난 것이다.

그 누구보다도 빠르게 좀비 아포칼립스의 세상에 적응한 남자 제프는 본래 평범하게 사회에 녹아들어 살아가고 있던 회사원이었다.

그를 홀로 키워왔던 어머니가 어릴 때부터 신신당부를 하며 교육을 시킨 탓에 훌륭하게 싸이코패스의 성향을 숨기며 살아올 수 있었던 것.

하지만 그를 제지하던 버팀목과도 같던 어머니는 결국 병을 견디지 못해 죽고 말았다.

그리고….

그맘때쯤에 데드문이 떠오르며 좀비사태가 발발했다.

'그게 시작이지.'

좀비라는 것들이 돌아다니며 사람들을 물어뜯고 물린 사람들은 다시 좀비가 되어 다른 희생물을 갈구하며 돌아다닌다.

사람들은 서로를 돕기보다는 이기심으로 가득 차서 약육강식의 논리를 따르는 세상의 변화에 제프는 훌륭하게 적응했다.

단순한 생존자가 아니라, 그 모든 것을 관장하며 사냥하는 포식자로써 깨어난 것이다.

처음 좀비를 사냥하던 제프는 곧 생존자의 무리를 만나게 되지만 그들로부터 얻은 것은 기만과 악의뿐이었다.

식료품을 강탈하려드는 생존자무리의 공격에 제프는 혼자만의 힘으로 그들 모두를 몰살시켰다.

그 뒤로부터였다.

인간을 사냥하기 시작한 것은.

'그 편이 훨씬 재밌었으니까.'

넘쳐나는 머릿수를 제외하면 느릿하게 걸어 다니는데다가 뻣뻣하기 그지없는 좀비들과는 달리 인간들은 훨씬 위험하면서도 재미있는 사냥감이었다.

이후 제프는 도시를 떠돌며 마주치는 생존자들을 사냥해왔다.

어머니가 죽으며 삶을 살아갈 어떤 가치도 지니지 못한 그에게 유일하게 남은 것은 사냥을 하며 느끼는 희열뿐이기 때문이었다.

'처음에 주인공 일행을 다 죽이지 않고 메이 만을 죽인 이유도 그것 때문이지.'

미숙하기 그지없는 사냥감을 단번에 죽이는 것은 재미가 없으니까.

제프는 주인공 일행이 경각심을 가지고 더 강하고 사나운 사냥감이 되기를 원했다.

"그래야… 사냥할 맛이 나지."

일순 제프 하몬의 모습 그대로로 빙의한 강혁은 이제 쌀쌀맞게 느껴지는 몸의 상태에 샤워기를 끄고 몸의 물기를 꼼꼼히 닦아냈다.

−문~ 리버….

거실로 나가자 때마침 들려오는 벨소리.

강혁은 머리칼에 남은 물기를 수건으로 대충 털어내며 폰을 집어 들었다.

"어, 왜?"

−준비 다 됐지?

27

"응. 옷만 입으면 돼.

–오케이. 지금 바로 집 앞으로 갈 테니까 5분 안에 나와.

"라져."

가볍게 답하며 강혁은 전화를 끊었다.

그리고는 옷 방으로 꾸며놓은 방 쪽을 쳐다본다.

아직 제대로 된 쇼핑을 하지 못 했기에 여전히 후줄근한 옷 밖에는 없는 옷 방.

"…오늘은 뭘 입는다?"

싸구려 옷들로 괜찮은 조합을 맞추는 것은 생각처럼 쉬운 일만은 아니었다.

'아무래도 돈이 좀 더 모이면 제대로 된 코디 정도는 데리고 다니는 게 좋을지도.'

제대로 쇼핑도 좀 하고 말이다.

옷 방으로 들어가 고민 끝에 깔끔한 흰색의 와이셔츠에 검은색의 면바지로 타협을 본 강혁은 거울에 비친 스스로의 모습에 잠시 도취되어 있다가 곧 집밖을 나섰다.

"어? 안녕하세요!"

"어서와요."

"요~ 인기쟁이!"

촬영장에 도착하니 분장을 받으며 대기하고 있던 배우들이 저마다 인사를 건네 온다.

단역이었을 때와는 확연하게 달라진 대우.

동료들의 환영을 받으며 강혁은 스텝을 따라 개인 대기실로 향했다.

촬영장의 근처로 옹기종기 모여 있는 트레일러.

그 중에 하나가 바로 강혁의 대기실이었다.

"오오, 꽤 괜찮은데?"

트레일러의 내부는 밖에서 본 것만큼이나 조그만 했다. 하지만 홀로 쓰기에는 그리 나쁘지 않아 보였다.

어차피 '대기'를 위해서 있는 공간인데 별 다른 기능 같은 게 필요할리 없지 않은가.

그런 점에서 앉아서 쉴 수 있는 소파와 침대. 그리고 피로를 풀어줄 커피포트까지 비치되어 있는 강혁의 대기실은 꽤나 괜찮은 수준의 공간이라고 할 수 있었다.

"어디보자… 내 순서는 앞으로 2시간 뒤인가?"

촬영이라는 게 유동적이라서 어떻게 될지 확정 지을 수는 없었지만 일단 정해진 스케줄은 2시간 뒤에 촬영을 하는 것이었다.

오늘 촬영하게 될 분량은 6화분이 시작되는 지점.

제프 하몬이라는 이름의 사냥광 살인마로써 등장하게 되는 첫 번째의 씬이었다.

'시청자들에게 확실하게 나의 캐릭터를 각인시키는 에피소드지.'

거두절미하고 말하자면 6화분은 주인공은 다름 아닌 살인마 제프 하몬이었다.

본래의 시나리오에는 없던 그를 시청자들에게 이해시키기 위해서라도 그가 주축이 되는 이야기가 한 편 정도는 필요했기 때문이다.

'살인마 제프 하몬의 삶.'

드라마 데드문의 6편의 스토리는 말 그대로 제프 하몬의 삶에 대한 것이었다.

그가 어째서 살인마가 된 것인지, 또 어째서 그렇게나 치밀하면서도 잔혹할 수 있는지… 그 모든 것을 알려주게 되는 에피소드인 것이다.

"뭐, 캐릭터가 과묵형이라서 대사는 적어서 좋다만……."

그래도 1시간가량의 드라마에서 거의 대부분의 장면에 등장하게 되는 편수이니만큼 적다고 해도 만만한 분량의 대사는 아니었다.

주로 혼자 다니기에 과묵할 수밖에 없는 장면들에 대한 것들을 대부분 독백으로 처리하기 때문이었다.

그러니까 2시간이라는 대기시간도 결코 긴 시간은 아니었다.

대본은 지난밤에 이미 다 외워둔 상태였지만, 그것을 실전에서 제대로 연기해내는 것은 또 다른 이야기인 것이다.

그 간극을 줄이기 위해서라도 강혁은 남은 2시간 동안 좀 더 집중을 해야만 할 필요가 있었다.

기껏 얻어낸 기회를 어설프게 묻어버릴 수는 없지 않은가!

기왕에 할 일이라면 제대로 보여줄 것이었다.

'…절대로 잊어버릴 수 없도록!'

각오를 다지며 강혁은 가져온 가방에서 대본을 꺼내어 들었다.

족히 수백 번은 넘겨댄 탓에 너덜너덜해진 대본.

그것의 첫 페이지를 다시금 넘기며 강혁은 첫 번째의 대사와 함께 제프 하몬이라는 캐릭터 속으로 몰입해가기 시작했다.

"…빌어먹을 아침이군."

시니컬한 살인마의 아침이었다.

❖

2시간은 순식간에 지나갔다.

한참 연습에 매진하고 있자 스텝이 준비를 해야 한다며 알려왔던 것이다.

듣자하니 5화 마지막의 촬영분에서 자꾸만 NG가 나서 대기시간이 1시간 더 늘어졌던 모양이었지만, 어차피 분장을 하고 장소 세팅을 할 필요도 있기에 강혁은 마침내 트레일러 밖으로 나올 수 있었다.

촬영장에는 이미 자신의 분량을 모두 소화해낸 배우들이 말끔한 사복 차림을 한 채 삼삼오오 모여 있었다.

가볍게 떠들어대며 밖으로 향하는 모습을 보건데 같이 식사라도 하러 갈 모양.

시간을 보니 어느새 점심시간이었다.

'딱히 배가 고픈 건 아니지만… 저걸 보니 뭔가 울화가 치미는군.'

원래 사람의 감정이라는 게 그런 것이었다.

내가 일할 때 남이 놀러가는 모습을 보면 배가 아프고 그런 것 말이다.

'오늘 저녁은 스테이크다. 그것도 아주 두툼하고 육즙이 죽여주는 스테이크 말이야!'

속으로 왠지 모를 치졸한 다짐을 하며 강혁은 멀어져는 배우들로부터 완전히 시선을 거두었다.

그러는 사이에도 분장 팀은 강혁을 완전히 데드문 세계관을 살아가는 살인마의 모습으로 바꾸어가고 있었다.

여기저기 피의 흔적이 남아있는 지저분한 와이셔츠에 한 손을 휘감은 붕대. 그리고 제대로 씻지 못해 땀과 먼지로 찌들어 있는 얼굴들이 분장으로써 새겨진다.

잠시 후.

강혁은 완전한 살인마의 모습으로 탈바꿈해 있었다.

그 때문일까? 제프 하몬이라는 인물의 감정이나 성향들이 한층 더 가깝게 다가오는 것 같은 기분이었다.

'오늘 내가 촬영하게 될 분량은 6편 분의 초반과 중반 분량.'

후반부는 내일 촬영을 재개하기로 되어 있었다.

계속해서 낮의 시간대가 이어져야 하는 에피소드 6의 스토리상 후반부를 촬영하는 대는 시간적으로 문제가 있었기 때문이었다.

"준비 끝났습니다!"

분장을 한 뒤 치즈버거로 배를 채우고 있자 촬영 스텝이 모든 준비가 끝났음을 알려왔다.

이제는 강혁이 나서야만 할 차례.

"좋아. 해보자고."

마지막 남아있던 햄버거 조각을 한입에 털어넣으며 강혁은 새롭게 각오를 다졌다. 그리고는 촬영장으로 향한다.

첫번째 장면이 촬영될 장소는 버려진 집 세트장.

에피소드 6편이 시작되는 첫 장면이자 살인마 제프 하몬이 잠에서 깨어나는 장면이었다.

코앞까지 다가와 썩을 이빨을 쩌억 하고 벌리며 덮쳐들던 좀비의 머리통으로 당연하다는 듯이 손도끼를 박아넣으며 잠에서 깨어나는 강렬한 등장씬인 것이다.

"시간이 없으니 바로 들어가겠네."

세트장에 도착하자 감독이 즉시 메가폰을 든 채로 지시를 내려왔다.

강혁은 망설임 없이 고개를 끄덕이고는 세트장에 자리한 낡은 침대 위로 가서 누웠다.

그런 그의 주변으로 연출팀들이 둘러싸고 흉측한 좀비 분장을 한 단역 배우가 세트장의 끄트머리 쪽으로 조심스럽게 들어선다.

그리고….

"레디~ 액션!"

감독의 외침과 함께 슬레이트가 떨어지는 순간!

"스으으…."

강혁은 사냥광 살인마 제프 하몬의 모습으로 완벽하게 빙의했다.

태양이 중천까지 떠오른 한 낮.

커텐을 쳐서 컴컴한 방안으로 고른 숨소리가 들려온다.

"스으으… 스으…."

뭔가 억눌린 듯 하면서도 평안하기 그지없는 숨소리.

숨소리의 주인공은 20대 중반 정도로 보이는 한 동양인 사내였다.

"스으으… 스으…."

깨어진 창문의 흔적들과 함께 여기저기 부서진 가구들이 혼란스럽게 널려있는 방안에서 사내는 홀로 편안한 수면의 세계에 빠져들어 있었다.

폐허와도 같아 보이는 주변의 전경들과는 전혀 관련이 없는 것처럼 편안하기 그지없는 모습.

"스으으… 스으…."

하지만 그런 그의 숨소리 위로 거북한 소음이 잇다랐다.

"그르르륵…."

가래가 끓는 듯한 망가진 성대의 목소리.

이내 모습을 드러낸 것은 팔 한쪽이 없고 얼굴도 절반 이상은 뜯겨져 나간 흉측한 몰골의 여성이었다.

아마도 살아있었더라면 꽤나 인기를 끌었을 법한 아름다운 금발에 글래머러스한 몸매를 지닌 여성.

그러나 지금의 모습을 보고서 욕정을 떠올리는 사람은 없을 것이었다.

그녀는 이제 인간이 아닌 좀비였기 때문이었다.

"그르륵, 캬학!"

몽유병 환자처럼 터덜거리며 방안으로 들어선 여자 좀비가 사내를 발견하고는 탐욕에 찬 울음을 머금었다.

터벅… 터벅…

느릿한 발걸음이 침대 위의 사내를 향해 서서히 다가간다.

"스으으… 스으…."

죽음이 코앞까지 다가왔음에도 전혀 눈치채지 못하고 여전히 고른 숨소리를 내뱉고 있는 사내.

좀비 특유의 거북한 숨소리를 토하며 여자 좀비는 침대 위로 엎어져 사내의 위로 덮쳐들듯 기어올랐다.

그리고….

"크흐으… 케헤!"

아무런 방해도 없이 사내의 위로 기어오른 여자 좀비의 입이 쩌억 하고 벌어졌다.

그러나 예상과는 달리 살점이 찢기고 피가 터져 나오는 끔찍한 비명소리 따위는 들리지 않았다.

퍼걱-

어느새 여자 좀비의 옆머리로 손도끼 날이 깊숙이 박혀 들어 있었기 때문이었다.

뇌가 쪼개지며 그대로 굳어버린 여자 좀비의 목을 붙잡아 아무렇지 않게 옆으로 밀어버리며 사내는 마침내 잠에서 깨어나 말했다.

"…빌어먹을 아침이군."

제프 하몬의 하루는 무척이나 단순하다.

피곤이 풀릴 때까지 되는 데로 잠에 취해 있다가 깨어나면 곧장 가볍게 끼니를 때우고는 순찰.

배낭 안에 담을 수 있는 적당량의 생필품과 식료품들을 담은 채로 발길이 닿는 데로 이동하며 쓸 만한 거점을 물색하거나 사냥할만한 대상을 추적한다.

거리에는 어디를 가던 좀비가 가득했지만 그에게 좀비는 아무런 방해도 되지 못 했다.

"그어어어…!"

"캬아아아…!"

발밑에서 족히 수십에 달하는 좀비들이 탐욕스럽게 입을 벌려댄다.

하지만 제프는 조금이라도 발을 헛디디면 곧장 지옥으로 떨어지게 되는 아찔하기 그지없는 판자 위를 무심하게 지나쳐가며 반파된 3층 건물의 창가로 향했다.

좀비 사태 초기에 투입되었던 군인들이 사용했던 RPG 로켓과 C4폭탄 등이 터져나간 흔적.

그러나 군인들은 결국 빠르게 번져나가는 좀비 사태를 진압하지 못 했고 지금의 세상에 살아남은 것은 체제를 거부한 무법자들뿐이었다.

'오늘은 뭔가 한산한 느낌이군.'

반파된 건물의 끄트머리에 선 채로 아래를 둘러보며 제 프는 눈살을 찌푸렸다.

재미있는 놀이를 걸 수 있을만한 대상을 특정할만한 흔 적들이 조금도 보이지 않았기 때문이었다.

특히나 최근 눈독을 들이고 있던 먹잇감의 흔적이 깔끔 하게 지워져 있었다.

'좀비들인가.'

바닥에는 여기저기 떨어져나간 살점들과 완전 행동이 멎 어버린 말 그대로의 시체들이 드문드문 넘어져 있었다.

읽어 들인 흔적대로라면…….

'미련하게도 밤중에 이동을 하려던 무리가 있었군.'

흔적은 그들이 좀비들과 마주쳤으며 교전 끝에 결국 북 쪽 방향으로 달아났음을 말해주고 있었다.

"우선은 저기서 부터인가."

왔던 길을 다시 돌아 거리로 내려온 제프는 남겨진 흔적 들을 따라 천천히 이동했다.

"케헤에…!"

푸각-

간간히 배회하던 좀비들이 접근해왔지만 놈들은 제대로 접근을 하기도 전에 제프가 휘두른 야구 배트에 두개골이 통째로 깨어지며 허물어져야만 했다.

"여기까지였나."

흔적이 이어진 마지막은 어느 주유소의 앞이었다.

아마도 도주 끝에 포위된 것처럼 보이는 생존자의 무리
는 주유소까지 도달했지만 결국 더 버티지 못하고 희생이
되고 말았다.

주유소를 중점으로 모여 있는 시체들과 여기저기 뜯겨나
간 팔 다리의 뼈다귀들이 그것을 증명하고 있었다.

'확실히 생존자들이군.'

시체들의 틈바귀에서 나뒹구는 해체된 조각들의 흔적을
파악하던 제프는 나지막이 고개를 끄덕였다.

진한 악마 얼굴 문신이 새겨져 있는 팔뚝과 폭주족이 연
상되는 가죽바지와 체인벨트 등이 발견할 수 있었기 때문
이었다.

"쯧."

제프는 낮게 혀를 찼다.

꽤나 공을 들였던 사냥감이었는데 수확하기도 전에 허무
하게 사라져버리고 말았다.

'그래도 일부는 살아서 나갔군.'

발견된 생존자의 시체는 2명밖에 없었다.

무리의 숫자는 분명 8명이었으니 어느 정도의 오차를 고
려해도 최소한 5명 이상은 살아서 나갔다는 뜻.

"…그래서 주유소인가."

현장을 둘러보던 제프는 어렵지 않게 사건의 전말을 짐작할 수 있었다.

아마도 생존자 무리는 LA시내에는 답이 없다고 생각하고는 다른 도시로 떠나야겠다는 생각을 했던 것 같다.

통신은커녕 전화도 할 수 없는 지금의 상황에서 살아남은 인간들은 출처조차 불분명한 소문에도 쉽게 낚이고는 하니까.

'동부 지역은 비교적 훌륭하게 좀비 사태를 방어했다.'

'알라바마 지역에는 안전한 방어 지대가 형성되어 있다.'

그것은 LA시내에서 살아남은 생존자들에게 떠돌아다니는 소문이었다.

생존자 무리는 아마도 그 소문들 중 하나를 접했음이 틀림없었다. 굳이 밤중에 이동을 택한 이유는 다른 생존자 무리에게 동태를 들키지 않기 위해였을 것이었다.

지금의 세상에서 가장 무서운 것은 오히려 좀비보다는 같은 인간들이니까 말이다.

'일부는 죽고 일부는 탈주라… 아쉽군.'

흔적들로 모든 상황을 유추해낸 제프는 깔끔하게 미련을 버렸다.

운이 좋으면… 언젠가는 마주칠 수 있게 될지도 모르겠지만 적어도 그때가 올 때까지는 그들에게 손을 댈 수 있는 방법은 없을 것이기 때문이었다.

"다음 타겟을 찾아봐야겠군."

결론을 내린 제프는 주유소를 탐색해 쓸만한 몇 개의 물건들을 습득하여 배낭에 넣고는 다시 길을 떠났다.

언젠가 마주친 적이 있던 먹음직스러워 보이던 사냥감들이 움직였을 법한 경로를 따라서.

그렇게…

여느 때와 다름없는 걸음을 옮겨가고 있을 때였다.

타앙-!

어디선가 울리는 총성.

제프는 즉시 흔적을 쫓아 향하던 걸음을 돌려 총성이 들린 곳으로 향했다.

'거리는 50미터 정도. 특정 위치는 사거리 쪽인가.'

단 한발의 총성만으로 위치의 대강을 빠르게 추정해낸 제프는 가장 빠르게 닿을 수 있는 지름길을 따라 거침없이 발을 놀렸다.

"그우우우…!"

퍼걱-

"캬하아…!"

빠각-

앞을 가로막는 좀비는 거침없이 박살내며 지름길을 지나쳐 사거리를 관찰할 수 있는 위치의 건물의 2층으로 빠르게 달려 올라간다.

타앙-!

때마침 다시 울리는 총성.

좀 전과는 달리 훨씬 더 크고 선명하게 울리는 총성을 들으며 제프는 은밀하게 창가로 향했다.

그리고….

그는 위기에 몰려 있는 생존자들의 무리를 발견할 수 있었다.

남자 둘 여자 셋으로 구성된 그룹.

하지만 그들 중에 싸울 수 있는 것처럼 보이는 건 근육질의 흑인 남성 하나 밖에는 없었다.

남은 남자 한 명은 들고 있는 권총조차 제대로 다루기 힘든 것처럼 보이는 백발의 노인이었으며, 여성들의 경우에는 애초에 모두 전의를 상실한 상태였기 때문이었다.

"……."

제프는 말없이 그들의 위기를 관찰했다.

고심하고 있는 것이다.

지금 그들을 도울지 말지에 대해서.

"으아아! 이 개새끼들아!"

"가까이 오지 마!"

"꺄아아악!"

제프가 고심하는 사이 생존자의 무리는 서서히 절망으로

떨어지고 있었다.

흑인 남자 홀로 고군분투하고 있긴 했지만 그 혼자만의 힘으로 사방에서 몰려드는 좀비들을 감당하는 것은 무리였던 것이다.

"끄아아악!"

결국 흑인 남자는 뒤에서 덮쳐오는 좀비를 알아채지 못하고 어깨를 물리고 말았다.

콰직- 찌이익-

흉악스러운 좀비의 이빨이 게걸스럽게 흑인 남자의 어깨 근육을 뜯어내고, 힘이 풀려버린 남자는 너무나도 허무하게 힘을 잃고 쓰러져 버리고 말았다.

"가까이 오지 마라, 이 악마들!"

타앙!

일갈과 함께 노인이 겨냥한 권총이 다시금 불을 뿜었지만 제대로 조준되지 못한 탄환은 허무하게 좀비의 가슴으로 박혀들었다.

"그워어어-!"

"아아악!"

결국 가까이까지 접근하는데 성공한 좀비는 그대로 덮쳐들며 노인의 얼굴을 통째로 베어 물었다.

고통에 찬 비명과 함께 핏물이 튀어오른다.

'끝이군.'

그나마 싸울 수 있을 것처럼 보이던 인원들이 모두 허무하게 죽고 말았다.

'이제 여자들 역시도 차례로 죽어나가겠지.'

그것을 끝으로 제프는 생존자 무리에게서 완전히 시선을 거두었다. 끝이 예정된 무리의 비참한 최후를 보며 즐기는 취미 따위는 없으니까.

그렇게….

씁쓸한 실망의 맛과 함께 미련 없이 돌아섰을 때였다.

"웃기지 마!"

절규와도 닮은 외침.

마치 칼날처럼 귓가로 파고드는 외침에 제프는 자신도 모르게 다시 돌아섰다.

그리고 그는 눈을 크게 치뜨고 말았다.

"이딴 거한테 죽어줄 것 같아!? 내 목숨의 결정권은 오로지 나만의 것이라고!"

처절하게 외치는 여성은 실성이라도 한 것처럼 발악적으로 흐느적거리며 다가드는 좀비를 밀쳐냈다.

그리고는 바닥에 힘없이 나뒹굴고 있던 쇠파이프를 집어들어 있는 힘껏 휘둘러대기 시작하는 것이다.

"끄흑, 꺄아아악!"

"아, 안 돼, 누가 좀 도와… 꺼허어억!"

여전히 공포에 눌려있다 결국 예정된 최후를 맞이하는

다른 여성들과는 달리 그녀는 투쟁하며 싸우고 있었다.

제프는 그녀로부터 시선을 떼어낼 수가 없었다.

그녀가 장차 먹음직스러워질지 모르는 사냥감으로써 재능을 드러내보였기 때문이 아니었다.

'말도 안 돼…'

제프의 동공으로 파란이 일었다.

결코 있을 리 없는 광경이 눈앞에서 펼쳐지고 있었기 때문이었다.

'그럴 리가……'

부정하면서도 제프의 시선은 계속해서 투쟁하는 여성에게로 집중되어지고 있었다.

살기 위해 있는 힘껏 저항하고 있지만 끝끝내 여성이라는 한계를 극복하지 못하고 점점 도망갈 곳이 없어져가는 여성의 모습을 말이다.

"꺼져! 이 괴물!"

방금 전까지 웅크린 채 떨고 있었던 모습이 거짓이었다는 것처럼 여성은 몰려드는 좀비들을 있는 힘껏 밀쳐내며 선전하고 있었지만 좀비들의 포위망은 점점 더 좁혀져오고 있었다.

누가 됐더라도 '포기'라는 단어를 떠올릴 수밖에 없는 절망적인 상황.

하지만 그녀는 독기를 머금은 눈을 불태우며 최후의 순

간까지 저항하고 있었다. 마치 그가 오랫동안 알고 지내왔
던 그 누군가의 모습처럼 말이다.

"그워어어!"

바로 그때 좀비 한 마리의 손이 여성의 머리칼을 잡아챘
다.

"아악!"

무참하게 잡아당기는 손길에 위태롭게나마 잘 버텨내고
있던 여성의 균형이 크게 흐트러진다.

그런 그녀에게로 밀려들며 자연스럽게 덮쳐가는 좀비들
의 무리.

"아아아악!"

무너져가는 균형 속에서 여성은 발작적으로 외쳤다.

상대를 위협하듯, 분노에 찬 비명을 내지르는 것이다.

그러나 좀비들에게 그런 허접한 위협 따위가 통할 리는
없었다.

앞서 죽어간 동료들처럼 그녀 역시도 '예정'대로 가는
것은 그야말로 시간의 문제인 것처럼 보였다.

쐐애액-

퍽-

갑작스런 변수가 끼어들지 않았다면 말이다.

"⋯⋯!"

저도 모르게 석궁을 겨냥해 여성의 목을 노리던 좀비의

머리통을 관통해버린 제프는 바로 그 자신의 행위에 놀라며 굳어졌다.

그러나 이내 연속으로 여성에게 다가드는 좀비들의 머리를 차례로 겨냥하며 볼트를 쏘아낸다.

쐐쇄쇄쇄쇄액!

퍽! 퍽! 퍼퍽!

짧은 파공성과 함께 쏘아져내진 볼트들이 좀비들의 머리통을 차례로 관통한다.

"아아!?"

내심 죽음을 예감하고 있던 여성은 빠르게 쓰러져가는 좀비들의 모습에 잠시 멍해져 있다가 곧 정신을 차리고는 다가드는 좀비들을 향해 힘껏 쇠파이프를 휘둘러 밀쳐냈다.

"…빌어먹을."

어째서 이런 일이 되어버린 걸까?

제프는 스스로도 지금 자신의 반응이 이해가 되질 않았다.

하지만 그런 생각과는 반대로 그의 몸은 어느새 석궁을 등 뒤로 돌리며 허리춤에 매어진 손도끼와 정글도를 뽑아들고 있었다.

그리고….

그의 신형이 2층의 높이를 그대로 도약하며 떨어져 내린다.

"흐읍!"

흔한 기합성도 없이 소리 없이 바닥에 떨어져 내린 제프는 그대로 지면을 박차며 좀비들이 뭉쳐 있는 곳으로 쇄도했다.

"그워어어!"

"캬하아아!"

후미에 있던 좀비들이 제프의 기척을 눈치 채고는 거북한 울음소리와 함께 흉측한 이빨을 들이 밀어왔지만,

"비켜."

퍽! 푸욱! 푸가각!

이미 휘둘러진 손도끼와 정글도의 날은 무참할 정도로 손쉽게 좀비들의 머리통을 날려버리고 있었다.

20마리 남짓 모여 있던 좀비들의 숫자는 빠르게 줄어나가고 있었다. 그리고 제프는 어느 때보다 빠른 속도로 좀비들을 헤치며 안에 갇혀 있던 여성에게로 다가들고 있었다.

"크잇! 아아악!"

도움이 오고 있음을 직감했기 때문일까?

여성은 턱밑까지 차오른 숨으로 연신 헐떡이면서도 필사적으로 쇠파이프를 휘둘러대며 자신을 지켜내고 있었다.

기껏해야 20대 초반 정도로 보이는 앳된 얼굴의 여성.

하지만 그런 풋풋함과는 달리 표정은 피폐해져 있다.

'…제기랄.'

제프는 속으로 다시금 욕설을 머금었다.

가까이서 본 여성의 모습은 단지 실루엣만으로 새겨봤던 모습보다도 훨씬 더 많이 닮아있었기 때문이었다.

가벼워 보이는 옷차림만 봐도 짐작할 수 있는 그녀의 직업은 매춘부인 것처럼 보였다.

늦은 밤거리를 전전하며 고작 100~200달러 정도에 자신의 몸을 파는 안타깝기 그지없는 인생.

그것은 다름 아닌 그의 어머니의 직업이기도 했다.

그리고… 눈앞의 여인은 그의 기억 속에 어렴풋이 남아 있던 젊었을 때의 어머니의 모습과 처절할 정도로 닮아 있었던 것이다.

물론 그것이 현실이 아니라는 것은 잘 알고 있다.

단지 지나치게 많이 닮았을 뿐인 우연의 일종일 것이다.

'하지만……'

하지만 제프는 도무지 그녀를 외면할 수가 없었다.

아닐 거라며 지나쳐가기에 그녀, 어머니는 그에게 너무나도 소중한 부분이었으니까.

어떤 것에도 마음을 쏟을 수 없는 그에게 유일하게 가치가 있던 것이 바로 그의 어머니였다.

'어머니는 나를 싸이코패스라고 말했었지. 하지만 어쩌면 나는 소시오패스인지도 몰라.'

언젠가 봤던 책에 의하면 싸이코패스라는 종족들은 공감 능력 자체가 없어서 부모조차도 몰라본다고 하니까.

하지만 그게 중요할까?

어느 쪽이던 결국 그는 미친놈일 뿐인데.

중요한 것은 여성이 어머니의 모습을 닮아있다는 점이었다.

'우선은 구한다.'

뒷일을 어떻게 할지는 여전히 머릿속에 떠오르지 않았지만 제프는 그렇게 결정을 내리며 양 손에 쥐어진 손도끼와 정글도를 폭풍처럼 휘둘렀다.

"그르르… 켁!"

푸각–

"퀘헤에…."

서걱–

"캬하아… 큐흡!"

빠아악–

팔이 휘둘러질 때마다 절단되거나 뭉개지며 튀어오르는 머리통들.

난입 하고나서 약 5분 남짓.

좀비들의 숫자는 이제 눈에 띄게 줄어있었다.

"후우욱…."

남은 좀비는 이제 겨우 두 마리.

가볍게 숨을 고르며 제프는 정글도와 손도끼의 날에 묻은 시커먼 핏물들을 털어냈다.

"그우우우…!"

"그르르륵…!"

바로 눈앞에서 수없이 죽어간 동료들의 죽음에도 아랑곳하지 않고서 비틀대며 걸어오는 좀비들의 모습을 보며 제프는 한걸음을 앞으로 나서며 동시에 양손을 뻗어냈다.

퍽! 푸각–

연속으로 차오르는 타격음.

그것으로 끝이었다.

"……."

"……."

희생자들의 시체와 좀비들의 시체가 어지러이 널려있는 참혹한 대지 위에서 두 사람은 한동안 말이 없었다.

한쪽은 무감각한 시선으로,

한쪽은 두려움을 담은 시선으로.

"…따라와."

그 말을 끝으로 제프는 돌아서서 걷기 시작했다.

일말의 미련도 없다는 듯한 태도.

여성은 주저앉은 채로 제프의 뒷모습을 보다가 바닥을 짚고 기를 쓰며 일어섰다. 그리고는 말없이 그의 뒤를 따르는 것이다.

서로 간에 소개도, 상황에 대한 설명도 없었지만, 여성은 어느 것도 묻지 않고 그저 뒤따랐다.

　그렇게….

　두 사람은 한참동안이나 침묵을 지켰다.

　마치 그것이 서로간의 약속이기라고 한 것처럼.

　"컷! 마무리!"

　"수고하셨습니다!"

　총 감독 에릭의 오케이 사인에 13번이나 반복되던 마지막 씬이 마침내 끝을 맺었다.

　강혁과 함께 데드문의 이야기 속에 새롭게 합류하게 될 주역이자 살인마 제프의 상대역이기도한 여성의 배우 캐서린 윤이 모두에게 고개 숙여 인사했다.

　거의 대부분의 씬들이 1~2회, 많아도 5회 안에는 오케이 사인을 받으며 순조롭게 지나왔던 것과 달리 마지막 씬에서는 무려 10번이 넘어가는 NG가 났기 때문이었다.

　그녀가 NG를 낸 장면은 제프와 함께 근처의 쓸 만한 집으로 숨어들어간 매춘부 여자가 긴장이 풀리며 처음으로 다시 입을 여는 장면이었다.

　안전하다는 느낌이 드는 장소로 들어왔음에도 불구하고

좀처럼 입을 열지 않는 제프에 대한 답답함이 그녀에게 용기를 불어넣었다.

-저기… 구해줘서 감사합니다.

처음에는 목숨을 구해준 것에 대한 감사의 인사말.

그럼에도 돌아오는 대답이 없자 그녀는 통성명을 걸었다.

-저는 멜리사라고 해요. 직업은… 보시다시피 창녀죠. 그쪽은요?

그러나 제프는 여전히 묵묵부답이었다.

지나오며 발견한 슈퍼에서 털어온 식료품들을 재정리 한다던가 무기에 남아있는 핏물의 흔적들을 더 깨끗하게 닦아낸다던가 하는 식으로 오로지 자신만의 시간을 보내고 있었던 것이다.

그런 제프의 반응에서 전해오는 답답함이 두려움마저 잊게 만든 탓일까?

-저기요!?

멜리사는 제프의 어깨로 손을 뻗었다.

불순한 의도 따위는 없는 순수한 관심의 갈구.

-아악!

그러나 의도는 늘상 받아들이는 사람의 입장에 따라 달라지는 법이었다.

조용히 자신의 일에만 집중하던 제프는 순간적으로 멜리

사의 손목을 잡아끌어 균형을 흐트러뜨리며 일어서서 즉시
팔목을 비틀었다.

그대로 목덜미를 쥔 손아귀에 조금만 더 힘을 주면 그녀
의 목숨을 취할 수 있게 되는 것이다.

하지만 제프는 그 이상 과감히 손을 쓸 수가 없었다.

여전히 기억 속에 남은 어머니의 잔상이 그의 흥성을 자
꾸만 억눌러 왔기 때문이었다.

그리고….

바로 그 다음부터가 몇 번이나 NG가 났던 장면이었다.

-괜찮아요. 죽일 테면 죽여요. 어차피 당신한테 있어서
저는 보잘 것 없는 존재에 불과하니까요.

팔이 꺾이는 고통에 이를 악물면서도 침착하게 말을 건
네는 멜리사.

그녀는 고통에 찬 신음을 쾌락의 그것과도 같이 야릇하
게 내기 시작하며 제안한다.

-하지만… 그보다는 더 좋은 사용법이 있지 않을까요?
당신의 노예가 될 게요.

자신을 '사용' 해주기를 원하며 손을 뻗어 제프의 하복부
를 쓰다듬기 시작한 것이다.

죽을지도 모른다는 두려움 속에서도 매춘부 '멜리사' 는
자신이 가진 최대의 이점을 이용해 살아남고자 한다.

그때를 넘기기 위한 단순한 기만이 아니라 정말로 제프

에게 모든 것을 바치고 종속되고자 하는 '노예'로서의 모습을 드러내 보였다.

그 어떤 저항의 의지도 없이 진정한 의미의 지배를 원하는 멜리사의 제안에 제프는 비틀었던 팔을 놓아주고 그녀를 돌려세웠다.

대신 억센 손아귀가 그녀의 가녀린 목을 움켜쥐며 벽으로 밀어 붙였지만 힘이 담기지 않은 족쇄로써의 역할만을 하는 손아귀는 그녀에게 아무런 방해가 되지 못했다.

조금이라도 허튼 짓을 하면 곧장 목을 비틀어버릴 것만 같이 차분하면서도 섬뜩한 제프의 시선을 똑바로 응시하며 멜리사는 애원하듯 말한다.

-절 사용해주세요. 주인님.

그 기이한 열기에 일순 넘어가고만 제프는 벽에 밀어붙인 그대로 멜리사의 입술을 탐하고 거칠게 그녀를 탐한다.

인간을 사냥하는 것 외에는 어떠한 희열도 느끼지 못하던 사냥광 살인마인 제프에게로 성숙한 여성의 육체라는 새로운 희열이 더해지는 순간이었다.

맹수나 다름없는 제프를 가라앉힐 새로운 족쇄이자, 본래의 주역들과 합류하게 될 앞으로의 전개에서도 키워드나 다름이 없게 될 개연성을 심어주는 중요한 장면인 것이다.

'…압박이 되긴 했겠지. 그녀도 신인이니까.'

한국계의 미국인인 그녀는 얼마 전에 '루프'라고 하는 하이틴 드라마에서 주인공의 친구 역으로 출연한 적이 있던 신인 배우였다.

드라마가 별반 인기를 끌지 못한 탓에 2시즌도 없이 막을 내리긴 했지만 뛰어난 연기력으로 나름대로의 인지도를 얻어 급하기 치러진 멜리사 역의 오디션 제안을 받아 합격하게 된 케이스.

사실 신인이라기에는 믿기지 않는 안정적인 연기력을 지닌 그녀였지만 그녀는 이 마지막 장면에서 13번이나 되는 NG를 내고 말았다.

압박감? 컨디션 난조?

그도 아니면 단순히 연기력이 부족해서?

찾아보자면 여러 가지 이유를 들 수 있겠지만 실상은 무척이나 간단했다.

'두려움을 떨쳐내지 못했기 때문이겠지.'

캐서린은 제프로 화한 강혁의 연기에서 전해져 오는 섬뜩함을 쉽게 떨쳐내지 못했다.

자연스럽게 전해져오는 살기와 광기에 눌려버리고만 것이다.

그런 식으로 7번이나 NG가 반복되자 강혁 쪽에서 기세 따위는 뿜어내지 않는 형식상의 연기를 펼치기도 했지만, 그럴 때는 귀신 같이 감독 에릭의 질책이 날아들었다.

그렇게….

13번째가 되어서야 겨우 합격이 떨어지게 된 것이다.

'…결국 극복하진 못했지만 말이지.'

마지막 컷에서도 캐서린은 두려움을 떨쳐내지는 못했다. 하지만 꾹 참고서 요부로써의 멜리사를 연기해냈고 그로인해 합격을 받을 수 있었다.

멜리사라는 캐릭터 자체가 제프에게로 강렬한 두려움을 느끼면서도 종속되고자 하는 어긋난 감정을 머금고 있는 인물이니까.

'아무튼, 이걸로 드디어 저녁을 먹으러 갈 수 있겠어!'

하늘은 어느새 쨍쨍했던 태양이 기울어져 새빨간 석양을 드리우고 있었다.

이후 나머지 장면은 내일 오후쯤으로 이어서 촬영하게 된다.

"형은 또 그 카페에 가 있을라나?"

홀가분한 마음으로 촬영장을 벗어나 분장을 지우고 평상복으로 갈아입은 강혁은 점심때부터 별러왔던 스테이크의 아름다운 자태를 꿈꾸며 가벼운 발걸음을 옮겼다.

돈이 좀 더 벌리면 개인적으로 움직일 수 있는 자가용이라도 한 대 뽑아야겠다고 생각하면서 말이다.

바로 그때였다.

"저기요?"

돌연 등 뒤에서 들려오는 목소리.

반사적으로 돌아서자 몸매라인이 다 드러나 보이는 타이트한 회색 원피스를 입고 있는 육감적인 체형의 여자가 서 있는 모습이 보인다.

"캐서린?"

그녀는 다름 아닌 캐서린 윤이었다.

매춘부로써의 가벼움을 표현하기 위함인지 백금발의 색채로 탈색한 머리칼에 묘하게 섹시하다.

"후우, 걸음 되게 빠르시네요. 하마터면 놓칠 뻔 했어요."

"무슨 일이라도?"

가볍게 숨을 고르며 전해오는 말에 강혁은 고개를 갸웃하며 되물었다.

캐서린은 강혁의 눈을 똑바로 쳐다보며 말했다.

"오늘 저랑 같이 보내지 않을래요?"

"……예?"

벙 찐 표정으로 되묻는 강혁의 말에 캐서린은 대수롭지 않게 답했다.

"저녁식사나 같이 하자고 말하는 거예요. 물론… 그 이상가면 더 좋고요."

"어……."

너무나도 당당한 그녀의 제안에 강혁은 순간 말문이 막히고 말았다.

톱스타의 킬링필드

It all is coming

chapter 2. 첫 번째 시련

Hell is coming

chapter 2. 첫 번째 시련

결과만 말하자면,

캐서린과는 저녁만 먹고 헤어졌다.

딱히 신체의 일부분이 작동하지 않는다던가 하는 건 아니었지만 과감히 그녀의 유혹을 떨쳐낸 것이다.

별다른 이유가 있는 건 아니었다.

'그저 지금은 내키지 않았을 뿐.'

지금은 연기를 하고 스타가 되기 위한 인지도를 키우는 것만으로도 시간이 모자랄 지경이었다.

한순간의 쾌락이나 연애 따위를 위해 시간을 낭비하고 있을 틈은 없는 것이다.

'그저 하룻밤 정도야 못할 것도 없지만…….'

그렇다면 굳이 해야만 할 필요도 없지 않은가.

그러한 이유로 캐서린의 추파를 거절한 강혁은 홀로 집에 돌아와 있었다.

이종욱은 뭔가의 미팅건으로 혼자 공항으로 갔다.

뭔지는 모르겠지만 지난번에 한국 쪽에서 지원차 맡았던 일의 성과가 좋아서 추가적인 지원의 요청이 왔다는 모양이었다.

"오늘은 독수공방이로구만."

홀로 침대에 드러누워 발가락을 꼼지락거리던 강혁은 낮게 하품을 하며 내일의 일정들을 떠올렸다.

종욱이 자리를 비웠으니 내일부터 약 일주일동안의 일정은 홀로 소화해야만 하기 때문이었다.

'우선 내일은 데드문 나머지 촬영이 있으니까 2시간 정도는 미리 나서야 되고… 모레는 휴식. 그 다음날은 크리미널 브레인 촬영인가.'

막상 떠올리고 보니 꽤나 바쁜 느낌이다.

'불과 얼마 전까지만 해도 집에서 서서히 죽어가던 백수였는데 말이지.'

뭔가 기쁘면서도 성가셔진 듯한 복잡한 기분을 만끽하며 강혁은 누운 채로 멍하게 천장을 응시했다.

분명 리모델링이 막 끝난 신축 건물이라고 했었는데

천장을 보니 희미하게나마 얼룩이 남아있는 게 보인다.

"……."

언뜻 보면 개미나 모기 따위의 벌레처럼 보이는 얼룩에 무심코 집중하던 강혁은 어느 순간 잡생각에 빠져들었다.

하릴없는 인생이 늘 그러하듯 주제도 필요도 없는 그야말로 잡생각들에 빠져들고 있었던 것이다.

그렇게 약 10여 분이 지났을까?

"…그냥 거절하지 말 걸 그랬나?"

이 맘 때쯤이면 스르륵 고개를 쳐들기 마련인 밤의 기운에 무심코 야한 상상에 몰두하고 말았던 강혁이 뒤늦게야 후회의 한숨을 내쉬었다.

아까 그녀의 제안을 승낙했었더라면 아마 지금쯤은 어느 호텔방에서 뜨거운 시간을 보내고 있을지도 모르는데 하고.

"…쩝."

스스로 내린 결정임에도 끝내는 흔들릴 수밖에 없는 갈대같은 마음의 존재.

이러니저러니 해도 강혁 역시 어쩔 수 없는 사내였다.

"그런데 역시 좀 놀랍긴 하네."

짧은 마음의 갈등을 치워버리고 팔 다리를 쭈욱 펴며 다시 길게 드러누운 강혁은 새삼스럽게 캐서린과의 일을 되새겼다.

어디선가 카더라 통신으로 이런 일들이 있다는 걸 들은 적이 있긴 했지만 정말로 이렇게 당당하게 추파가 올 줄은 몰랐기 때문이었다.

'뭐, 한국이랑 달리 미국은 좀 더 개방적인 분위기니까.'

미국뿐만 아니라 세계 곳곳에서 활약하며 암약하던 사혁의 기억과 경험들이 융합되어진 만큼, 캐서린의 유혹 역시도 사실은 별로 특별할 것은 없는 일이었지만, 막상 그걸 직접 마주하게 되자 얼떨떨하면서도 새삼 놀라운 기분이었다.

"…역시 아직은 더 배울게 많구만."

이제는 바로 그 자신이라고도 할 수 있는 사혁이라는 남자의 인생.

강혁은 따로 시간을 내어서라도 좀더 깊이 자신의 일부를 끌어안아야겠다고 생각했다.

"배울 게 많아……."

그렇게 쓸데없는 생각들을 하며 시간을 보내던 강혁은 어느 순간 눈꺼풀이 무거워짐을 느꼈다.

그리고 늘 그러하듯 잠시 잠깐 의식의 흐름을 놓은 순간.

"쿨…."

강혁은 시야가 급격히 어두워지는 것을 느끼며 깊은 심연의 시간 속으로 잠겨들고 말았다.

나흘이 지났다.

걱정했던 것과 달리 강혁은 혼자의 힘만으로도 예정된 스케줄들을 훌륭하게 마무리 지을 수 있었다.

교통편이 없지 않을까 살짝 걱정했었는데, 종욱이 자신의 차키를 남겨두고 갔기 때문이었다.

운전면허가 없다는 게 살짝 불안하기는 했지만 이래 뵈도 킬러였던 시절에는 오프로드에서 추격전을 벌인 경험도 있던 베테랑 드라이버.

경찰의 눈에 뜨이지 않도록 규범들을 칼같이 준수하며 조심히 다닌 끝에 강혁은 성공적인 나흘을 보낼 수 있었다.

'그나저나… 너무 길어지는 거 아닌가?'

앞으로 사흘간은 쭉 이어질 휴식을 대비하며 침대에 드러누운 강혁은 종욱에 대해 생각했다.

한국 쪽의 일의 지원을 위해 떠났던 종욱은 본래 짧으면 닷새, 늦어도 일주일 뒤에는 돌아올 예정이었지만 불과 어제 그 기간이 더 길어질지도 모른다는 연락을 해왔다.

딱히 관심이 업서 자세히 알아보지는 못했지만, 뭔가 대단한 프로젝트와 관련되고 있는 모양.

'그만큼 형이 인정받고 있다는 뜻이니까 복귀가 길어진다고 해도 나쁜 일은 아니겠지만……'

역시 조금은 언짢은 기분이었다.

술술 잘 풀려나가고 있던 일에 제동이 걸린 것만 같았기 때문이다.

"뭐, 늦어도 다음 주까지는 돌아온다고 했으니까 걱정할 필요는 없겠지만……."

아무리 좋게 포장해도 불편한 마음이 사라질 리는 없었다.

"에이씨!"

결국 짜증을 내며 침대 위로 뒤척거리던 강혁은 그대로 늘어져 있다가 무심코 고개를 틀어 벽에 걸린 시계로 시선을 향했다.

[PM 7:00]

시간은 어느새 저녁이 가까워져 오고 있었다.

강혁으로써는 계속해서 기다리고 있던 시간.

"벌써 시간이 이렇게 됐나?"

구르듯 튕겨 오른 강혁은 닌자처럼 침대 위를 벗어나 그대로 거실로 향했다.

근사한 70인치의 평면 TV 및 여러 가지 홈시어터들이 비치되어 있는 거실.

지난 쉬는 날 정말로 할 일이 없었던 이른 아침부터 강혁은 캘리포니아 전역을 돌며 비밀 장소에 숨겨두었던 자금들을 모조리 수거했다.

그렇게 해서 습득한 금액이 무려 4만 달러.

한국 돈으로 환전하면 거의 4500만원에 가까운 돈이 모인 것이다.

강혁은 그 돈을 사용해서 TV와 홈시어터를 장만했다.

오로지 오늘을 위해서였다.

'데드문의 첫 방영날.'

근래 들어서 최고의 화제작이라고도 할 수 있는 좀비 아포칼립스 드라마 '데드문'의 첫 방영날이 바로 오늘이기 때문이었다.

물론 1화분이라면 강혁이 등장하지도 않으니 큰 의미를 부여할 필요는 없겠지만… 무려 오늘은 1, 2화 연속 방영이었다.

트레일러 영상에서 강혁이 맡은 살인마 역이 너무나도 큰 관심을 끌었기에 과감하게 연속 방영을 하자는 결정이 내려졌다.

"오! 하는군."

TV를 틀어 채널을 몇 번 돌리자 CDN드라마 채널이 나오며 뭔가 음산하면서도 미스터리한 느낌의 BGM이 흘러나오기 시작했다.

데드문의 오프닝 화면.

평범하고 평화로웠던 세상의 모습이 빠르게 피폐해져가는 모습을 모티브로 한 오프닝 장면이 지나쳐가고,

[6개월 전. LA.]

짤막한 배경 안내와 함께 마침내 드라마가 시작되었다.

"와우… 생각보다 더 잘 빠졌는데?"

1화가 끝나고 광고 영상이 이어지자 강혁은 그제야 참아 왔던 숨을 내쉬었다.

편집과 CG의 힘이 합쳐진 완성본은 현장에서 직접 보고 느꼈던 것과는 비교도 할 수 없을 만큼 실감이 났기 때문이었다.

'확실해. 이건 대박이다.'

강혁은 흡족한 미소를 베어 물었다.

굳이 2화 째를 볼 필요도 없이 '데드문'이 대박이 나리라는 것을 짐작했기 때문이었다.

그것은 확신이었다.

오픈 전 데드문을 화제의 중심으로 몰아갔던 그의 등장 장면이 굳이 등장하지 않고서도 이미 데드문은 소름끼치는 몰입도를 지닌 최고의 드라마였던 것이다.

"안 되겠어. 팝콘이라도 튀겨와야지."

2화분이 방송하기 전까지는 약 5분가량의 시간 여유가 있었다. 이런 일도 있을까 해서 얼마 전 사다두었던 3분 완성 팝콘을 준비해오기에는 충분한 시간이다.

"음~ 스멜!"

전자렌지를 열자마자 후욱 하고 끼쳐오는 고소한 냄새에 만족에 찬 미소를 머금으며 강혁은 얼음을 담은 콜라와 함께 팝콘 그릇을 쥐고 거실로 돌아왔다.

-남자다움을 표출한다! 수컷의 냄새!

-올드 스파이스 바디 스프레이!

때마침 마지막 광고가 끝나며 데드문의 2번째 에피소드가 이어졌다.

❖

"……."

2화가 시작한지 어느덧 45분 째.

강혁은 화면에 자신의 모습이 지나쳐갔음에도 불구하고 TV화면이 아닌 스마트폰의 화면을 뚫어져라 쳐다보고 있었다.

[좀따먹]: 와… 저건 끝판대장 아니냐?

[곰들이부은]: 동감. 포스가 완전 다스베이더급임!

[우주공포증]: 어이! 그건 아니지! 어디 싸이코 살인마 따위를 베이더 옹한테 갖다 대냐?

└[곰들이부은]: 언제적 다스베이더냐? 그거 완전 퇴물 아니냐? ㅇㅈ? ㅇㅇㅇㅈ.

└[우주공포증]: 감히 베이더 옹을 모독하다니! 결투를 신청한다! 이 그지 깽깽이야!

[색끈한미녀]: 역시… 너무 섹시해! 저 남자… 침대 위에 선 어떨까?

└[훌륭한몽둥이]: 그러니까 넌 좀 닥치라고!

데드문의 공식 게시판에 실시간으로 올라오는 시청자들의 댓글 반응들로부터 좀처럼 시선을 떼어낼 수가 없었기 때문이었다.

특히나 살인마 제프의 등장 장면을 칭송하며 '쩌는 연기'라고 하는 글들을 읽을 때는 자꾸만 입 꼬리가 올라가서 볼이 얼얼해질 정도였다.

그렇게 강혁은 드라마가 끝날 때까지 폰에서 시선을 떼어내지 못 했다.

냉정한 척을 하며 억지로 근엄한 표정을 지어보기도 했지만 그런 얄팍한 자제력으로는 도저히 참을 수 없을 만큼 기분이 들떴기 때문이었다.

'이게 내 인생의 첫 성과이니까!'

두 개의 삶을 모두 통틀어 봐도 제대로 된 성공은 이것이 처음이었다.

킬러로써는 '사신' 이라는 별명도 지닐 만큼 대단한 자리에 올라보기도 했지만… 타인의 목숨을 대가로 얻어낸 성과가 뭐가 그리 대단할까.

하지만 이번의 성과는 타인에게 어떤 피해도 주지 않고서 오로지 자신의 실력만으로 일구어낸 첫 번째의 쾌거였다.

어느 날 갑자기 영문도 모를 꿈을 꾸고, 한 남자의 일생을 이식받고, 마치 게임시스템 같은 능력을 비롯해 톱스타 매니저의 도움까지 받게 되었지만 그 모든 것은 결국 그 자신의 능력이 아닌가.

"이제 첫 걸음이야."

드라마가 끝나고도 장장 한 시간동안이나 폰을 들여다보고 있던 강혁은 실시간으로 늘어나던 글 반응들이 잠잠해지고 나서야 겨우 폰을 끄고 소파에 드러누웠다.

"……."

그리고 강혁은 생각에 잠겼다.

'…그래. 이제야 시작이지.'

한참 들뜨던 마음이 가라앉고 소강상태에 들어서고 나니 그제야 현실이 냉정하게 다가오는 느낌이었다.

아무리 열광적인 반응을 얻었다곤 해도 아직 그는 여전히 무명배우일 뿐이기 때문이었다.

대중들의 입장에서 그는 이제 막 얼굴을 알리기 시작한

조금은 인상적인 신인 배우 그 이상도 그 이하도 아니었다.

'시간이 지나서 본격적으로 등장하게 되는 6화분이 송출되기 시작하면 좀 더 형편이 나아지겠지만……'

그 전까지는 여전히 이름도 모를 무명의 동양인 배우에 불과한 것이다.

"빨리 더 많은 배역을 따내야겠어."

머릿속으로 상상하던 결과가 간접적으로나마 눈앞에 비추어졌기 때문일까? 강혁은 모처럼 끓어오르는 열정으로 각오를 다지며 주먹을 불끈 쥐었다.

마치 그 손 안에 앞으로의 성공이 쥐어져 있기라도 한 것처럼.

"좋아. 운동이다!"

새롭게 발생한 동기만큼이나 충실한 욕망을 머금으며 강혁은 소파를 박차고 일어나 운동 공간으로 향했다.

그의 기준에서 아직 배우 강혁의 몸은 부족했으니까.

지금 상태만으로도 강혁의 몸 상태는 여자들이 좋아한다는 적당한 근육질을 하고 있었지만 그가 추구하는 것은 그런 적당한 것이 아니었다.

'마치 갑옷처럼.'

사혁일 때의 육체만큼은 아니더라도 지금보다는 훨씬 더 견고한 몸을 단련하기를 원했다.

배우로써 이미지가 한 가지로 고정되는 것을 원하지는

않지만 기왕에 물이 들어왔으면 우선은 신명나게 노부터 저어야 하는 것이 답일 테니까 말이다.

벌써 맡게 된 역할 두 개가 전부 살인마 역할이었다.

그렇다면 그 역할에 더 어울릴 수 있도록 스스로를 가공하는 것 또한 그만의 노력이 아니겠는가.

'게다가… 그 꿈의 건도 있으니까.'

가볍게 스트레칭을 하며 생각을 이어가던 강혁은 돌연 떠오른 기억의 편린에 미간을 좁혔다.

한 때는 단지 기분 나쁜 악몽의 일환일 뿐이라고 가정했었던 그 '지옥'에서의 시간들.

어쩌면 그것은 그가 아닌 사혁이 겪었던 일이었지만, 그 모든 것을 흡수하고 완전히 융화시킨 지금은 그것이 단지 꿈이 아니라는 것을 안다.

'…그리고 그게 끝나지 않았다는 것도.'

최근 들어서 부쩍 느끼고 있었다.

지옥이 다시 태동하고 있다는 것을 말이다.

"……."

만약 그곳에 다시 가게 된다면…….

이번에는 또 어떤 일을 겪게 되는 걸까?

'짐작조차 가질 않는군.'

"쯧!"

낮게 혀를 차며 차오르는 잡념을 날려버린 강혁은 습관

적으로 러닝머신의 위로 올라섰다.

그에게 있어서는 머릿속이 복잡할 때는 아무 생각 없이 뛰는 편이 가장 좋다는 것을 은연중에 깨닫고 있었기 때문이었다.

삑삑삑삑삑!

러닝미신을 가동하자마자 속도를 최고조로 올리며 강혁은 굴러가는 레일 위를 표범처럼 질주하기 시작했다.

다시 일주일이 지났다.

첫 방송부터 2편 연속 방영을 하며 시작한 데드문은 무려 732만이라는 숫자의 말도 안 되는 시청자 수로 준수한 스타트를 끊었다.

700만이 넘어가는 시청자 수는 데드문의 전신이라고도 할 수 있는 전설적인 좀비 드라마 워킹데드도 2시즌에 들어서서야 달성했다는 점을 생각해보면 그야말로 쾌조의 스타트였다.

더군다나 1, 2화분의 반응이 워낙 좋았던 덕분에 나날이 화제가 되어서 금일 방영하게 될 3화 째부터는 더더욱 시청률이 늘어나게 될 전망.

이런 속도라면 장차 강혁이 본격적으로 등장하게 될 6화

째부터는 첫 시즌이 다 가기도 전에 1000만 시청자수를 달성하는 드라마 기록을 달성할 수 있을지도 모른다.

'그때쯤이면 내 위상도 달라져 있겠지.'

강혁은 흡족한 미소를 머금었다.

상상만 해도 만족감에 입주변이 간질대왔기 때문이었다.

'그게 아니더라도 이미 인지도는 어느 정도 성장하고 있고 말이지.'

불과 이틀 전에 방영되었던 크리미널 브레인의 최신 편이 송출되면서 인터넷에는 또 한 번 난리가 났다.

아직은 이름조차 제대로 알려지지 않고 있었지만 '데드문의 그 살인마!'가 크리미널 브레인에도 등장하여 소름끼치는 살인마의 모습을 보여주었기 때문이었다.

뿐만 아니라 강혁은 다른 수사물 드라마나 영화에도 등장했다.

물론 그것들은 기껏해야 대사가 한 두 줄 뿐인 단역이거나 군중들에 속해있는 배경과도 같은 역할들이었지만 중요한 건 배역을 맡았다는 점이었다.

덕분에 넷상에서는 '숨은 살인마 찾기'라는 웃기지도 않는 자료마저 돌아다니고 있었다.

"……."

종욱은 여전히 돌아오지 못하고 있었다.

무엇이 그리 바쁜지 연락조차 쉽지 않은 상태.

덕분에 강혁은 그 모든 오디션 자리와 배역들을 스스로의 힘만으로 쟁취해내야 했지만 다행히 고생을 할 필요는 없었다.

굳이 자리를 찾아다니지 않아도 감독이나 작가, 혹은 같은 동료 배우들로부터 오퍼가 들어왔기 때문이었다.

제안해준 사람들은 별 볼일 없는 배역을 추천한다는 것에 대해 미안하다는 기색을 비치기도 했지만, 강혁은 오히려 기뻐하며 그 제안들을 모두 수용했고 대부분의 작품에 출연했다.

'그게 다 경험이고 재산이니까.'

지난 한 주간 간단하게나마 오디션을 보고 배역을 확정한 작품이 총 13작품.

그 중 이미 촬영을 끝마친 작품이 7작품이었다.

거기서도 3작품은 이미 송출이 된 상태.

여전히 이름은 사람들의 기억 속에 알려지지 않고 있었지만 적어도 얼굴만큼은 확실하게 각인되어지고 있는 강혁이었다.

얻게 된 것은 비단 사람들의 관심 뿐만은 아니었다.

[매니저 포인트: 21500P]

두 가지의 퀘스트를 모두 완료해낸 대가로 막대한 양의 포인트를 얻을 수 있었던 것이다.

[무명의 도전(D등급)]퀘스트의 완료 및 추가 조건 달성으

로 총 6500P(1500P+5000P)를 얻었으며, [다작의 길(B등급)]퀘스트의 완료 및 추가 조건 달성으로 15000P(5000P+10000P)를 얻을 수 있었다.

기껏해야 1000포인트 밖에는 없었던 첫 번째 퀘스트 때에 비하면 그야말로 어마어마한 성장!

하지만 강혁은 딱히 기뻐하거나 하지는 않았다.

얼핏 보기에는 많아 보여도 막상 톱스타 매니저의 스텟으로 투자를 시작하면 그것이 여전히 부족하기 그지없는 수치였기 때문이었다.

[현재 능력치]
외모 (82/100)
육체 (71/100)
재능 (27/100)
감각 (46/100)

이것이 현재 강혁의 능력치 상태였다.

외모나 육체 부문에서는 훌륭하지만 재능과 감각 면에서는 고전을 면치 못하고 있는 상황.

그 중에서도 재능 스텟은 그야말로 바닥을 기고 있었는데 저것을 올리는 데만 해도 무려 1스텟당 3000의 매니저 포인트가 필요했다.

참고로 30대의 스텟부터는 1스텟당 5000의 스텟을 투자해야 했으며, 40부터는 1스텟당 7000포인트, 50부터는 1스텟당 9000포인트, 60부터는 1스텟당 12000포인트가 들어가게 된다.

심지어 70부터는 요구사항이 훌쩍 뛰어서 1스텟당 무려 21000포인트의 수치를 요구하게 되며, 80부터는 스텟당 54000이나 되는 포인트를 투자해야 했다.

더 무서운 점은 90이상부터는 애초에 투자 가능 수치가 없다는 점이었다.

어렴풋이나마 짐작해보자면…….

'역시 퀘스트로 얻을 수 있지 않을까? 아니면 아이템이라던가.'

분명 끔찍하게 어려운 난이도의 퀘스트와 미치도록 구하기 어려운 아이템일 것이었다.

어쨌든, 중요한 점은 그것들이 지금의 강혁에게는 아무런 상관도 연관도 없는, 그야말로 별나라의 이야기나 마찬가지라는 점이었다.

'당장 가진 포인트로 육체 스텟은 겨우 하나만을 올릴 수 있을 뿐이겠군.'

앞으로 다가오게 될 일을 생각하면 배우로서의 일뿐만 아니라 지옥에서도 도움이 될 것만 같은 육체 스텟에 투자하고 싶은 마음이 굴뚝같았지만, 강혁은 결국 포기하고 모자란 부분을 더 보강하기로 했다.

'재능이랑 감각 스텟도 최소 70대 이상은 올리는 편이 좋을 테니까.'

결정을 내린 강혁은 우선 재능 스텟을 30까지 올렸다.

거기까지에 들어간 매니저 포인트가 이미 9000P.

이후의 스텟을 두고 고심하던 강혁은 결국 감각 스텟과 재능 스텟을 각각 1씩 올리는 것으로 분배를 마무리 지었다.

남은 포인트는 고작 500P.

'진짜 없어지는 건 순식간이네.'

차오르는 허탈감에 강혁은 실소를 머금었다.

"그래도 대박 하나 건졌으니까."

애써 밝게 말하고 있는 것 같은 기분이 들긴 했지만, 그럼에도 웃는 낯을 지우지 않으며 강혁은 최근 퀘스트의 추가 보상으로 얻게 된 호칭을 확인했다.

〈폭풍의 신인(레어)〉

-말 그대로 폭풍을 일으키는 신인임을 증명하는 호칭이다.

-호칭 발생 후 1년 동안 대중의 주목도가 20%증가한다.

-좋은 작품의 기회를 받게 될 확률이 30%증가한다.

-많은 작품에 출연할수록 '카리스마' 스텟의 보정을 받게

된다. (한 작품 당 카리스마 스텟 1상승. 최대 5중첩까지 가능하다.)

그 이름부터 화려하게 폭풍이라는 이름이 붙어있는 호칭.

그것은 무명이 신인이 뜨기 위해 필요한 모든 것이나 마찬가지인 효과들을 지니고 있었다.

'인기를 얻을 확률도 커지고, 기회를 얻게 될 확률도 커지지.'

이것만 해도 이미 대박이라고 할 수 있었는데, 더 놀라운 점은 특수 스텟인 '카리스마'가 보정을 받게 된다는 점이었다.

지난번의 일 이후로 카리스마 스텟이 지닌 효능이 어떤 것인지 미약하게나마 체감할 수 있었기 때문이었다.

인지도의 증가로 겨우 2가 상승했을 뿐인 카리스마 스텟이었음에도 강혁은 연기를 할 때나 타인의 앞에 나설 때에 있어서 스스로의 분위기가 달라졌음을 인지할 수 있었다.

배우라면 당연히 가지고 있다고 하는 그 특유의 오오라를 더욱더 선명하게 뿜어낼 수 있게 되는 것이다.

'이미 2개의 보정 스텟이 올랐지.'

현재 강혁의 카리스마 스텟은 17이었다.

기존 15의 스텟에 2포인트의 보정이 붙은 것이다.

나름대로 많은 작품들이 출연했는데 2개의 보정만이 붙은 것을 보면 아마도 보정은 최소 조연급 이상의 배역에 한해서만 가산되는 모양이었다.

하지만,

그것은 곧 해결 될 문제였다.

'난 점차 더 많은 기회를 받게 될 테니까.'

간단히 생각해보면 앞으로 1년 안에 최소 조연급의 자리를 3작품만 더 출연해도 남은 보정 효과를 모두 온전히 챙길 수가 있었다.

'그렇게 되면 인지도도 더 올라가게 될 테고 말이지.'

아무리 잘생기거나 특징이 있다거나 해도 결국에 배우는 연기력으로 말해야 하는 법이니까 말이다.

"……그러고 보니 인지도도 꽤나 많이 올랐지?"

호칭의 효과 때문인지는 몰라도 강혁의 인지도 및 팬의 숫자는 큰 폭으로 상승한 상태였다.

〈팬의 숫자〉: 현재 27642명

〈인지도〉: 슬슬 이름이 알려지고 있는 상태. 밖으로 나서면 '어? 그 사람 아닌가?' 정도의 관심을 얻을 수 있게 되었다.

그야말로 장족의 발전.

최초 1명에 불과한 팬과 지인조차 없는 처참한 수준의 평가에서 불과 한 달 만에 이만큼이나 성장한 것이다.

하지만 강혁은 만족하지 않았다.

'이제 시작일 뿐이니까.'

배우로서의 강혁은 이제 막 발돋움을 했을 뿐이었다.

점점 더 높은 곳, 점점 더 넓은 곳을 향해 나아갈 필요가 있는 것이다.

'목표는 헐리우드 스타!'

전 세계 어디를 가도 알아볼 수 있는 월드클래스의 톱스타가 되는 일이었다.

"그러기 위해서는 우선 지옥에서 살아 돌아와야겠지만."

한숨과 함께 강혁은 식어버린 커피를 마저 들이켰다.

그리고는 창가로 다가가 어둠이 내려앉은 적막한 거리를 내려다본다.

"……."

이제 강혁은 확신하고 있었다.

곧 지옥이 다가오게 될 것임을.

"…생존이라."

다음번의 퀘스트가 발생하지 않았기 때문이었다.

대신 강혁은 짤막한 안내문을 확인할 수 있었다.

[퀘스트의 진행은 다음 '자격의 증명'이 달성되기 전까지 동결됩니다.]

그리고 강혁은 '자격의 증명'이라는 것이 무얼 의미하는지 잘 알고 있었다.

그때가 언제인지도 말이다.

"곧인가."

본능적으로 어둠이 아닌, 그보다 더 깊고 음습한 기운들이 다가오는 것을 느끼며 강혁은 창가에서 물러나 종욱의 침대에 대충 걸터앉았다.

딱히 외로워서 찾아왔다던가 하는 BL틱한 이유는 아니었다.

단지 그가 선점한 방에 붙은 창문이 이 집에서 그나마 가장 전망이 좋은 곳이었기 때문일 뿐.

스으으으으...

열려진 창문을 타고서 파고드는 기이한 바람과 함께 강혁은 급격히 눈꺼풀이 무거워져 옴을 느꼈다.

인간의 의지만으로는 절대로 극복할 수 없는 무겁고 깊은 존재감이 의식을 짓눌러온다.

"...젠장."

결국 버텨내지 못한 강혁은 나지막한 욕설과 함께 의식의 끈을 완전히 놓고 말았다.

털썩–

실이 끊어진 인형마냥 강혁의 몸이 힘없이 무너진다.

하지만 미리 침대를 점하고 있던 탓에 예기치 못한 부상이 발생한다던가 하는 불상사는 발생하지 않았다.

휘이이이~

덜컹덜컹!

왠지 모를 돌풍과 함께 열어둔 창문이 흔들리며 커튼이 흩날렸다.

그리고 그 순간.

"……."

강혁은 전혀 다른 장소로부터 눈을 뜨고 있었다.

❖

"……."

어둡던 시야가 점차로 밝아지며 하얀 습막이 서린다.

밝혀져 가는 시야만큼이나 선명해지는 의식 속에서 강혁은 차분하게 현기증 따위의 부작용을 견뎠다.

그리고… 한참이 지난 뒤에야 무겁게 내려앉고 있던 눈꺼풀을 밀어낸다.

"음?"

강혁은 저도 모르게 신음을 흘리고 말았다.

무언가 새로운 장소에 도착해 있을 것이라는 예상과는
달리 눈앞에 비추어진 시야로는 여전히 아무 것도 없는 백
지만이 비추어지고 있었기 때문이었다.

혹여나 무언가를 착각했나 싶어 눈을 몇 번이나 감았다
뜨기도 했지만 시야에 비치는 현상은 여전했다.

하늘도, 지상도, 벽면도 찾을 수 없는 오로지 백야만이
가득 들어차있는 공간.

"이건 무슨…."

마치 정신병원을 연상케 하는, 어딜 봐도 흰색 밖에는 보
이지 않는 장소에 노이로제와도 같은 감정이 치밀어 오르
고 있을 때였다.

[사용자 '강혁' 의 데이터를 계승합니다.]

[로딩 중…….]

[완료되었습니다.]

돌연 눈앞에 떠오르는 메시지박스.

그 위로 익숙한 문체의 글귀가 차례로 떠오른다.

'뭐? 계승?'

강혁은 영문을 모르겠다는 표정으로 메시지박스를 주시
했다.

ㅈㅇㅇㅇ…

그런 강혁을 약 올리기라도 하려는 것처럼 묘한 잡음과
함께 뜸을 들이는 메시지박스.

"스읍!"

답답하게 차오르는 공기에 강혁은 답답한 숨을 토했
다.

그리고… 바로 그때였다.

[상태창]

이름: 강혁

종족: 인간

직업: 생존자

스킬: [냉철한 판단력(패시브)], [생존 본능(패시브)]

〈스테이터스〉

근력: 11

체력: 9

순발력: 10

정신력: 10

카리스마: 15(+2)

메시지박스의 면적이 확장되며 수많은 데이터들이 새겨
지기 시작했다.

그 중 가장 먼저 떠오른 것은 몰라볼 리 없는 그 자신의 상태창이었다.

'…뭔가 미묘하게 다르군.'

직업이 배우에서 '생존자'라는 직관적인 명칭으로 바뀌어져 있었으며, 스킬창 역시도 배우 관련 스킬들 대신에 '생존 본능'이라는 새로운 스킬이 생겨나 있다.

'스테이터스는 그대로 가져온다는 건가?'

강혁은 역시 운동을 하길 잘했다고 생각하며 다음으로 새겨진 데이터를 응시했다.

[생존 기록지]

시나리오 1. 죽음으로부터의 시작(클리어!) - SSS랭크
시나리오 2. 생존 증명(대기 중….)
시나리오 3. 잠김
…
……
시나리오 10. 잠김

직관적인 명칭과 함께 시나리오라는 타이틀이 붙어있는 제목들이 나열되어 있다.

'시나리오는… 10번까지인가?'

시나리오 3부터 10까지는 잠김이라는 글씨만이 회색으로 죽어있다.

"대강 어떻게 돌아가는지는 알겠군."

강혁은 대번에 시스템이 흐름에 대해 알아챌 수 있었다.

애초에 바보가 아닌 이상은 못 알아차릴 리가 없는 노골적인 배치였지만 말이다.

"앞으로 최소 9번은 이 짓거리를 더 겪어야만 한다는 거지."

시나리오의 숫자가 늘어나면 날수록 난이도도 점점 더 늘어나게 될 테고 말이다.

'지랄 맞네.'

간단하게 평가하며 강혁은 고개를 내려 다음의 데이터를 응시했다.

[클리어 보상]
-회복력(보조) or 피부강화(보조) 중 택 1.
-기본 생존 세트.

[SSS랭크 점수 보상]
-D등급 랜덤 스킬 북

마지막의 데이터는 다름 아닌 지난 시나리오를 통과해낸

보상에 관련된 것이었다.

'…회복력이라고?'

그 중 강혁은 선택권이 나뉘어 있는 회복력이라는 글자에 눈이 갔다. 마치 게임화면을 보고 있는 듯한 착각에 무심코 손을 뻗자 회복력에 대한 설명이 떠오른다.

〈회복력(보조)〉

-보조 스텟 중 하나이다.

-모든 부상과 상태이상에서의 회복력을 극소량 올려준다.

-체력 스텟이 높으면 높을수록 더 높은 효과를 볼 수 있다.

"호오?"

강혁은 이채롭다는 표정을 지었다.

설마하니 기본적인 스테이터스 외에 보조 스테이터스 따위가 있을 거라고는 생각지 못했기 때문이었다.

'그럼 피부강화는 힘의 강화를 받는 보조 스텟이겠군.'

짐작과 함께 확인을 해보자 역시나 그대로의 정보가 떠오른다.

"뭘 선택하지?"

어느 쪽도 구미가 당겼다.

방어력을 올리느냐 회복력을 올리느냐의 문제이니까.

"으음, 여기서는 역시……."

고민 끝에 강혁은 '회복력'을 선택했다.

설명에 나와 있는 효율로만 보면 아무래도 피부 강화 쪽이 더 좋아보였지만, 장기적으로 보자면 역시 좀 더 다양한 효과가 붙어있는 회복력 쪽이 더 괜찮아보였기 때문이었다.

'그 다음은 스킬 북 쪽인가?'

SSS랭크 달성의 보상으로 주어진 아이템.

강혁은 스크롤 박스 위에 책 모양으로 새겨진 아이콘을 클릭했다.

[D등급 랜덤 스킬북을 습득하셨습니다.]

[개방하시겠습니까? (YES or NO)]

가벼운 심호흡과 함께 강혁은 YES버튼을 눌렀다.

번쩍-

일순 자색의 섬광이 번지고 랜덤 스킬북의 아이콘이 지워진다. 그리고 그 자리에 새겨지며 새롭게 생겨난 스킬 북의 제목에 강혁은 눈매를 좁혔다.

"…염력?"

왠지 모르게 게임 같은 분위기를 띠고 있으니 '강타'나 '마법화살' 따위의 스킬이 나올 거라고 생각했는데…… 생각지도 못한 스킬이 등장한 것이다.

강혁은 고개를 갸웃하며 스킬의 정보를 개방했다.

[염력(레어) – LV.1]

-의식이 닿는 곳의 공간으로 무형의 힘을 행사할 수 있다.

-스킬의 레벨이 오를수록 위력이 더 강해집니다.

(최대 5미터 반경으로 힘을 행사할 수 있으며, 최대 1.5KG이하의 무게를 들어 올릴 수 있습니다.)

"이건… 좀 애매한데?"

좋다고 하기에도, 안 좋다고 하기에도 애매한 스킬이었다.

기껏해야 반경 5미터 내의 돌멩이나 들어 올릴 수 있을 법한 스킬을 당장 어디다 쓴단 말인가.

하지만 강혁은 실망하지 않았다.

성장이 가능하다는 부분 때문이었다.

'스킬의 레벨이 오르면 제법 쓸 만해 질지도.'

적당히 납득하며 강혁은 비로소 메시지 박스로부터 물러났다.

바로 그때였다.

[3초 내로 시나리오가 진행됩니다.]

[3… 2… 1….]

짤막한 경고와 함께 순식간에 카운트가 줄어들며 눈앞이 다시 붉게 차올랐다.

"윽!"

단숨에 균형감각을 앗아가며 핑 도는 정신에 무심코 신음을 토했을 때였다.

철커덕—

손목을 옥죄는 불쾌한 느낌.

그와 함께 강혁은 마침내 제대로 된 시나리오의 세계로 들어설 수 있었다.

"끄흠…!"

억눌린 숨을 토해내며 재빨리 눈꺼풀을 밀어올리고는 주변의 상태를 파악한다.

'여기는… 방인가?'

어두컴컴한 정육면체의 공간.

시야에 비추어진 것은 음습함이 가득한 5평 남짓의 방이었다.

가구는커녕 벽지조차 붙어있지 않은 회색빛 콘크리트 벽만이 들어서 있는 삭막하기 그지없는 방안.

그 중앙에서 의자에 앉혀진 채로 눈을 뜬 강혁은 뒤이어 확인한 스스로의 상태에 이를 악물 수밖에 없었다.

양 손목에 철제 의자의 손걸이로 단단히 묶여있었으며, 머리로는 무겁고 단단한 흑색의 구속구가 채워져 있었기 때문이었다.

마치 중세시대 이단 심판관들의 고문실에나 있을 법한 흉흉한 디자인의 구속구였다.

'눈 뜨자마자 이 꼴이라니… 심하네.'

금방이라도 곰팡이가 증식할 것만 같은 방안에서 의자에 묶인 채라는 건 외형적으로도 심정적으로도 영 좋지 못하다.

"크후움…."

습관적으로 욕설을 머금으려다가 신음만을 토한다.

얼굴을 뒤덮은 구속구의 일부분이 혓바닥을 누르며 입속 깊은 곳까지 들어와 있었던 것이다.

'어쩐지 깨어나자마자 목구멍이 따끔하더라니…….'

한층 더 가깝게 자신이 마주하게 된 현실을 파악한 강혁은 재빨리 고개를 돌리며 상황을 파악하기 위해 애썼다.

어떤 쪽으로 생각해도 이대로 계속 있는 건 그다지 좋아 보이지 않았으니까.

'우선은 이 빌어먹을 구속구부터 풀어야 할 텐데…….'

미약한 불안과 함께 답답한 숨이 차오른다.

조만간 뭔가 좋지 않은 일이 닥칠 것만 같은 기분.

'도대체 어떻게 하면…….'

바로 그때였다.

[시험: 죽음의 결단]

-열쇠를 사용하여 구속구를 벗겨내세요.

-제한시간은 30초입니다. 시간 내에 구속구를 벗지 못할 시 죽게 되니 서두르는 게 좋습니다.

(조언: 잠깐의 고통과 목숨 중에 무엇이 더 중요할까요? 결단은 빠를수록 좋습니다.)

눈앞으로 떠오르는 핏빛의 글귀.

사진처럼 뇌리로 박혀오는 내용들을 인식하자마자 글귀가 허공중으로 녹아들며 30부터 시작되는 카운트가 시작됐다.

[남은 시간: 29초….]

카운트의 시작과 동시에 생겨나는 변화.

철컥, 척-

키릭-

손목을 잔뜩 옥죄고 있던 구속이 헐거워지며 정면에 비추어지는 나무문의 옆쪽 벽면이 벌어지며 투박한 회색의 열쇠가 드러났다.

'…망할.'

변화를 살핀 강혁은 욕설을 머금었다.

언뜻 보면 손이 자유로워진 것만 같지만, 실은 그것이

아니라는 것을 잘 알기 때문이었다.

고통과 목숨 사이의 선택.

강혁은 그것을 누구보다 잘 이해할 수 있었다.

'…악취미잖아!'

손목의 구속구는 그대로 손을 잡아뺄 수 있을만큼 벌어져 있었지만, 대신 그 안으로 촘촘한 가시가 돋아나 있었다.

즉, 구속에서 벗어나기 위해서는 양손의 피부층이 통째로 벗겨질 각오를 해야만 하는 것이다.

[남은 시간: 24초….]

그러는 사이에도 시간은 빠르게 줄어들고 있었다.

카운트가 0에 도달하면 정말로 죽게 되리라는 것은 명확한 사실.

"크후읍!"

강혁은 혓바닥과 맞닿은 구속구의 비릿한 쇠 맛을 느끼며 그것을 통째로 씹어버릴 것처럼 강하게 이를 악물었다.

그렇게라도 하지 않으면 곧이어 다가오게 될 고통을 견딜 수 없을 것만 같은 기분이 들었기 때문이었다.

'확실히… 죽는 것보다는 고통이 낫지.'

강혁은 심호흡을 하며 마음을 다 잡았다.

그리고는 최대한 의식을 다른 곳으로 두기 위해 노력하며 손을 끌어당기려 할 때였다.

'…잠깐!'

순간적으로 머릿속을 스치고 지나가는 생각.

[남은 시간: 19초….]

어느새 10초대로 들어서기 시작한 제한 시간을 보며 강
혁은 회심의 미소를 머금었다.

'설마 이렇게 쓰게 될 줄은 몰랐지만……'

강혁에게는 새롭게 얻은 스킬이 있었다.

'염력!'

반경 5미터 내에 있는 1.5Kg이하의 물건까지는 자유롭
게 움직일 수 있는 능력.

'…집중해야해!'

강혁은 문 옆의 열쇠를 향해 정신을 집중하며 염력을 펼
쳤다.

찰각-

벽에 걸려 있던 열쇠가 그대로 허공으로 떠오른다.

아직은 컨트롤이 미숙하기 때문인지 불안하게 흔들리며
상승과 낙하를 반복하고 있는 열쇠.

하지만 강혁은 금세 염력의 감각에 익숙해지고는 본격적
으로 열쇠를 컨트롤하기 시작했다.

'먼저 손목부터.'

염력에 의해 떠오른 열쇠가 오른손목 쪽 구속구의 열쇠
구멍으로 거침없이 박혀 들어간다.

철컥-

열쇠는 훌륭하게 잠금을 해제했다.

"크후우…!"

안도의 한숨과 함께 찌잉- 하고 조여드는 두통을 참아낸 강혁은 곧장 염력을 사용해 헐거워진 구속구를 벗기고는 손목을 빼냈다.

[남은 시간: 13초….]

빠르게 줄어드는 시간에 점점 더 조바심이 차오르는 것을 느끼며 강혁은 열쇠를 쥐고 왼쪽 손의 구속마저 풀었다.

그리고는 허리의 벨트마저 풀고서 머리의 구속구를 향해 열쇠를 들이댔을 때였다.

'……없어?'

강혁은 머릿속이 새하얘지는 것만 같은 기분을 느꼈다.

어디를 뒤져도 열쇠가 들어갈 수 있을만한 부분은 만져지지 않았기 때문이었다.

[남은 시간: 7초….]

그러는 사이에도 시간은 빠르게 줄어들고 있었다.

"크후우웁!"

머리가 통째로 타버릴 것만 같은 분노가 차오른다.

하지만 반대로 강혁은 쉼 없이 머리를 굴리고 있었다.

'생각해라. 생각해……!'

기껏 꿈을 이루어가고 있는데, 이런 곳에서 이렇게나 허무하게 죽어줄 수는 없는 노릇이 아닌가.

"!"

필사적으로 구속구의 곳곳을 만져대던 강혁은 이내 무언가 다른 곳과는 다른 특이점을 찾아냈다.

유일하게 외부로 뚫려있는 벌어진 입부분의 안쪽으로 양옆으로 눌려지는 버튼 같은 것을 발견한 것이다.

찰카… 키릭-

버튼을 꾸욱 누르자 무언가 잠금장치가 풀리는 것 같은 소리가 들려온다.

하지만 강혁은 그것을 곧바로 눌러버릴 수가 없었다.

버튼을 누르면 누를수록 안쪽이 장치된 칼날이 입을 양옆으로 끌어당기도록 되어 있었기 때문이었다.

"흐우우…!"

벌어진 입가로 침이 줄줄 흘러내린다.

[남은 시간: 3초….]

어느새 시간은 데드라인에 가까워져 있었다.

이제는 선택을 해야만 한다!

'제기랄!'

욕설을 머금으며 강혁은 눈을 질끈 감았다.

그리고는 버튼을 누른 손가락에 순간적으로 힘을 잔뜩 밀어 넣는다.

쿠드득-

"……!"

살점들이 뭉개지며 입이 양옆으로 길게 찢어진다.

동시에 형언할 수 없는 통증이 찾아드는 것을 느꼈지만 강혁은 흔들리는 정신을 억지로 다잡으며 손을 뻗어 구속구의 잠금장치를 완전히 제거해냈다.

철커덕- 카랑!

그리고 혓바닥을 짓누르던 쇳조각을 빼내고 마침내 구속구를 완전히 벗어서 땅바닥에 집어 던졌을 때였다.

터엉-

촤카카카-

구속구가 바닥에 떨어져 나뒹구는 것과 동시에 구속구의 안쪽으로부터 날카로운 가시들이 매섭게 튀어나왔다.

간발의 차이였다.

1초만 더 늦었더라도 강혁은 저 가시들에 머리통이 꿰뚫려 비참한 꼴로 죽고 말았을 테니까.

"크흑! 컥! 제기랄…!"

바닥에 엎어진 채로 강혁은 기침과 함께 욕설을 토했다.

찢겨진 입가로부터 타액과 섞여든 핏물이 줄줄 흐르며 바닥을 적신다.

그러나 강혁은 고통을 인식하고 있을 틈이 없었다.

[시험(2): 생존 증명]

─살인마가 다가오고 있습니다. 그의 손에서 살아남으세요.

─우선 방을 탈출하세요. 그러면 잠깐이나마 라도 생명을 부지할 수 있을 겁니다.

(조언: 피는 흔적을 남깁니다. 상처는 치유하는 편이 좋아요.)

곧바로 다음번의 시험이 주어지고 있었기 때문이었다.

"빌어먹을!"

욕설을 머금을 수밖에 없었다.

뭔 놈의 상황이 이렇게 숨 돌릴 틈도 없이 벌어진단 말인가!

하지만 거기에 불평불만하고 있을 틈은 없었다.

[남은 시간: 59초….]

망할 놈의 카운트가 또 생성되어 있었기 때문이었다.

'1분 내에 여길 탈출해야만 해!'

그 시간이 지나면 살인마가 방으로 찾아올 테고… 그렇게 되면 분명 비참한 최후를 맞이하게 될 것이기 때문이었다.

하다못해 뭔가 무기라도 있으면 반항이라도 해보겠지만

방안 어디를 둘러봐도 무기 따위는 찾아볼 수가 없었다.

어떻게든 쓰려고 한다면 방금 벗겨낸 머리 구속구를 둔기 대용으로 쓸 수야 있겠지만, 강혁은 이내 고개를 저었다.

'…저딴 걸로 감당할 수 있을 리가 없지.'

사혁의 기억을 통해 보았던 죽음의 게임에서의 살인마들은 하나 같이 끔찍하면서도 강력한 존재들이었다. 말 그대로 죽지 않는 악몽과도 같은 존재들이었던 것이다.

게임으로 따지자면 애초에 레벨이 달랐다.

저렙이 아무리 대단한 일격을 가해도 고렙에게는 기껏해야 -1정도의 데미지가 뜨는 것처럼 말이다.

'…그러니까.'

지금 여기서 살인마에게 대항할 방법을 찾는 것은 그야말로 헛된 망상에 불과했다.

불과 1초도 되지 않는 시간 만에 빠르게 방침을 결정한 강혁은 즉시 문 쪽으로 달라붙었다. 혹시나 숨겨진 트릭이나 비밀 열쇠 같은 것이 있지는 않을까 해서였다.

하지만 아무리 샅샅이 뒤져도 희망적인 관점 따위는 찾아지지 않았다.

문은 굳게 닫혀 있었으며, 밖에서 닫아거는 방식의 폐쇄적인 구조였다.

[남은 시간: 48초….]

고민하는 사이 시간은 어느새 10초를 넘기고 있었다.

'어떻게 해야 하지? 어떻게?'

배트맨에 나오는 조커마냥 찢어진 입가로 피를 줄줄 흘리면서도 강혁은 쉼 없이 머리를 굴렸다.

지금의 상황에 있어서 그에게는 매초가 생존투쟁이나 다름이 없었기 때문이었다.

그렇게 약 10초가 더 지났을까?

"…음? 저건……."

강혁은 방의 좌측 벽면 위로 환풍구와도 같은 구멍을 발견할 수 있었다.

손가락 하나 넣을 수 없을 만큼 촘촘한 쇠줄로 연결된 창살이 환기구로 통하는 길을 굳건히 틀어막고 있었지만 강혁은 곧장 환풍구 쪽으로 다가섰다.

'저거라면…!'

그에게는 염력이 있기 때문이었다.

그리고 창살은 나사 몇 개만 뽑아내면 열어젖힐 수 있는 종류의 형태를 하고 있었다.

"흐읍!"

강혁은 곧장 나사 부분을 노려보며 의식을 집중했다.

찌이잉-!

연속으로 스킬을 사용했기 때문인지 찌릿하면서도 묵직한 통증이 머릿속을 헤집는다. 하지만 강혁은 필사의 인내로

두통을 참아내며 연속으로 염력을 가해 4개의 나사를 풀어
냈다.

덜컥-

나사를 뽑아내자 곧장 흔들거리며 헐거운 모습을 보여주
는 창살의 모습에 강혁은 그것을 곧장 뜯어냈다.

"크홋!"

스킬의 후유증 때문일까. 아니면 지속적으로 피를 흘리
고 있기 때문일까.

일순 눈앞이 핑 돌며 어지러움 증이 찾아들었다.

계속 이대로 있다가는 무심코 주저앉아 오바이트라도 할
것만 같은 기분.

[남은 시간: 27초….]

하지만 머뭇거리고 있을 틈은 없었다.

시간은 어느새 절반을 지나서고 있었기 때문이었다.

'잠깐만…!'

곧장 뻥 뚫린 환기구를 향해 들어서려던 강혁은 돌연 머
리를 스치는 생각에 위를 향해 뻗어가던 손을 멈추었다.

'…분명 피는 흔적을 남긴다고 했었지?'

퀘스트인지 미션인지 모를 알림창의 말미에 '조언'이라
는 이름으로 적혀져 있던 글귀. 거기에서는 분명 상처를 치
유하는 편이 좋다고 조언하고 있었다.

'그 말은 곧 나에게 상처를 치유할 수 있는 방법이 있다

는 뜻이겠지.'

이 빌어먹을 지옥의 공간은 어떤 방식으로든 난이도의 차이가 있을 뿐이지 반드시 대상자가 극복할 수 있는 정도의 시련만을 주기 때문이었다.

아직 확신할 수 있는 수준의 이야기는 아니었지만 적어도 지금껏 그가 겪어온 지옥의 시련은 반드시 그런 것들이었다.

"아! 그건가?"

잠시 머리를 굴리던 강혁은 이내 자신이 확인해보지 않았던 한 가지에 대한 정보를 떠올릴 수 있었다.

시나리오 1의 클리어 보상들 중 하나로 받았었던 '기본 생존 세트'가 바로 그것이었다.

강혁은 곧장 보상창을 열어 '기본 생존 세트'를 클릭하여 습득했다.

스아아…

그러자 마치 신기루처럼 눈앞에 나타나는 손바닥만한 크기의 작은 갈색 주머니가 떠오른다.

강혁은 곧장 손을 뻗어 주머니를 낚아챈 뒤 그 안을 열었다.

'음? 이건…!'

주머니에 들어있는 물품은 총 5개였다.

[하급 치유 물약(일반)] x1

[최하급 해독 물약(일반)] x1

[지혈제(하급)] x3

치유 물약과 해독 물약병이 각각 1개씩.

그리고 지혈제라는 이름이 붙은 알약이 3개였다.

'이래서 기본 생존 세트인 건가?'

말없이 고개를 끄덕인 강혁은 곧장 지혈제 알약 하나를 입에 넣고 삼켰다.

까끌까끌한 감각이 목구멍을 타고 넘어가자마자 곧장 녹아들어 흩어지며 빠르게 번져나가는 감각이 느껴진다.

그리고 이내 부글부글 하는 거품이 일며 찢어진 입가의 상처들이 붉은 피막을 형성하기 시작했다.

알약 하나를 삼킨 것만으로도 상처 부위가 저절로 일정 부분이나마 아물며 피가 멈추고 있었던 것이다.

강혁은 거기에서 멈추지 않고 하급 치유 물약의 뚜껑을 열어 3분의 1가량을 손가락에 묻혀 찢어진 입가로 넓게 발랐다.

출혈은 멈추었지만 찢어진 입가로부터의 통증은 여전히 사그라 들지 않고 있었기 때문이었다.

앞으로 무슨 일이 벌어질지 모르는데 시도 때도 없이 화끈거리는 상처의 통증을 안고 움직일 수는 없었다.

치이익…!

상처부위로 물약이 닿자마자 타는 듯한 소리와 함께 상처가 급격히 아물어가기 시작한다.

"후… 이제 좀 살 것 같네."

불과 5초 만에 깔끔하게 다시 붙어버린 입가의 상태에 만족하며 강혁은 기본 생존 세트의 물품들을 대충 주머니 속으로 쑤셔 넣었다.

[남은 시간: 17초….]

이제 시간은 어느덧 촉박한 순간까지 가까워진 상태.

망설임 없이 피로 물든 회색빛의 죄수복 상의까지 벗어던지고 나서야 강혁은 비로소 손을 뻗어 환풍구 통로 안으로 들어섰다.

통로는 좁았지만 웅크린 상태라면 어떻게든 지나다닐 수 있을 만큼의 공간은 충분했다.

'남은 시간은 이제 13초 정도인가?'

방의 중앙에 새겨진 카운트로부터 시선을 거둔 강혁은 다시금 염력을 사용해 창살을 붙이고 나사를 조여 본래의 모습대로 되돌려 놓았다.

어떻게든 결국엔 추적을 해올 살인마에게서 조금이라도 더 멀어지기 위해서는 행적을 최대한 숨길 필요가 있기 때문이었다.

[남은 시간: 6초….]

어느덧 시간은 코앞까지 다가와 있는 상태였다.

저벅… 저벅…

침묵에 가득 차 있던 문의 너머로부터 묵직한 발소리와 함께 무언가가 질질 끌리는 듯한 소리가 들려오기 시작한다.

악몽이 다가오는 소리를 들으며 강혁은 곧장 환풍구 통로 쪽에서 물러났다.

그리고,

"후우…."

무거운 신음과 함께 어두컴컴한 환풍구의 안쪽을 향해 기어 들어가기 시작했다.

톱스타의 킬링필드

hell is coming

chapter 3. 지하 감옥 탈출

Hell is coming

chapter 3. 지하 감옥 탈출

"크오오오!"

쾅! 콰앙!

콰르르르…!

안쪽으로 움직여가기 시작한지 얼마 지나지 않아 소름끼치는 포효와 함께 커다란 굉음이 들려왔다. 벽이 통째로 무너지는 듯한 소리가 귓가를 울린다.

아마 저기에 남아 있었다면 파괴되는 대상은 저 벽이 아니라 그가 되었을 터.

강혁은 내심 안도의 한숨을 내쉬며 소리를 죽이여 다시 움직여가기 시작했다.

[첫 번째 분기를 넘기셨습니다.]

[살인마가 지하 감옥 곳곳을 뒤지기 시작합니다.]

불과 1미터를 더 나아가기도 전에 새로운 알림 메시지들이 떠올랐다.

그리고… 당연하다는 듯이 3번째의 시험이 이어졌다.

[시험(3): 탈출]

－살인마의 눈을 피해 지하 감옥을 탈출하세요.

－탈출하는 방법은 여러 가지입니다. 최대한 머리를 굴려보세요.

(조언: 비밀은 언제나 가까운 곳에 있기 마련입니다.)

'이번에는 탈출이냐…'

다 읽자마자 스르륵 사라져가는 3번째의 시험 내용을 되새긴 강혁은 작게 한숨을 내쉬었다. 그나마 이번에는 제한 시간 같은 게 없어서 다행이라고 생각하면서 말이다.

스윽… 스윽…

좁은 환풍구 통로를 이동하는 것은 결코 쉬운 일이 아니었다. 웅크린 자세로 계속해서 움직여야만하기 때문이다.

더군다나 불빛 하나 없이 한치 앞도 볼 수 없는 어둠을 헤치고 나아가야만 한다는 것은 생각보다 더 큰 난이도를 선사해주었다.

그렇게 약 10여분을 이동했을 때였다.

'불빛?'

한없는 어둠의 끝에서 마침내 희미한 빛의 흔적을 발견한 강혁은 힘을 내서 빠르게 기었다.

'…여긴?'

가까이 갈수록 점차 밝아지는 불빛의 끝에 있는 것은 강혁이 들어왔던 것과 마찬가지의 구조를 지닌 환풍구의 입구였다.

끼익…

덜컥덜컥…

손을 가져가서 흔들어보자 헐거워지긴 했지만 확실하게 나사로 고정된 창살이 외부로의 유통을 가로막고 있다.

강혁은 작게 심호흡을 하고는 나사가 있을 것으로 추정되는 부분을 짐작하여 염력을 가했다.

눈에 보이지 않는 부분을 짐작만으로 해결해야 했기에 시행착오가 조금 있긴 했지만 그럼에도 강혁은 무난하게 나사를 풀어낼 수 있었다.

"후우…."

그렇게… 차례로 나사들을 풀어내고 마침내 4번째의 나사를 풀어낸 뒤 창살을 발로 밀어 열어젖혔을 때였다.

끼이이익—

"!"

귓가로 끔찍한 소성이 스친다.

동시에 찾아드는 섬뜩한 감각에 강혁은 즉시 하던 것을 멈추고 신경을 곤두세웠다.

저벅… 저벅…

숨소리마저 참으며 집중하자 들려오기 시작하는 발소리.

그것은 분명 강혁이 방에서 탈출하기 직전 들었던 살인마의 발소리였다.

놈이 가까워지고 있었다.

'제길!'

강혁은 속으로 욕설을 머금으면서도 재빨리 염력을 뻗어 나사들을 회수한 뒤 열려져 덜렁거리던 창살을 손으로 잡아 끌어당겼다.

다시 나사들을 감기에는 시간이 촉박했기 때문이었다.

덜커덩-

아니나 다를까 창살을 닫자마자 문이 열리는 소리가 들리며 역한 냄새가 후욱 하고 끼쳐 들어왔다.

"크후욱… 후욱…."

무언가 힘겨운 듯하면서도 억눌린 것처럼 보이는 숨소리가 느릿하게 방안을 채운다. 강혁은 창살에 들러붙다시피 한 자세로 숨소리마저 죽이며 긴장감을 끓어 올리고 있었다.

그렇게 약 10여초가 지났을까?

파앙-

전구가 터지는 듯한 소리와 함께 방안으로 훨씬 더 밝은
불길이 밝혀졌다.

벽에 걸려있던 등불의 빛만으로 희미하게 밝혀지고 있던
방안이 흰색의 형광등 불빛으로 밝게 비추어진다.

"……!"

강혁은 자신도 모르게 입술을 질끈 깨물었다.

그렇게 하지 않으면 무심코 신음을 흘릴 것만 같았기 때
문이었다.

방안이 밝혀짐으로 인해 강혁은 방안의 전경을 선명하
게 훑어낼 수 있었다. 촘촘한 창살의 폭 때문에 시야가 제
한되기는 했지만 대부분의 전경들을 볼 수 있게 되었던 것
이다.

그리고….

강혁은 눈에 비친 전경에 경악을 머금을 수밖에 없었다.

'이건… 심하군!'

방안은 다름 아닌 고문실이었다.

처음을 눈을 떴던 방안과는 달리 넓은 부지를 지닌 공간.

그곳에는 그야말로 목불인견의 참상이 펼쳐져 있었다.

'정말로 여긴 지옥인 건가….'

강혁은 새삼 자신의 상황을 인식했다.

사혁의 기억을 통틀어도 이런 정도의 끔찍한 장면을 보는 것은 처음이었기 때문이었다.

벽에는 고깃덩이처럼 변한 시체들이 주렁주렁 매달려 있었으며, 바닥에는 말라붙은 핏물들이 시커멓게 새겨져 있다.

벽의 또 다른 한 면에는 보기만 해도 흉흉해 보이는 각종 고문도구들이 핏물을 머금은 채 걸려 있었으며, 방의 우측 구석에는 사람의 신체구조를 이용해서 만든 것이 분명해 보이는 의자와 테이블들이 놓여 있었다.

그리고….

그런 참상의 가운데로 살인마가 존재하고 있었다.

"크흑… 크르릅…."

연신 억눌린 호흡을 내쉬는 살인마.

여태까지 마주쳐왔던 살인마들이 모두 그러했지만… 이번의 살인마 역시도 평범한 모습은 아니었다.

살인마는 2미터 50은 되어 보이는 거구에 우중충한 회색의 피부를 지니고 있었는데, 마치 보디빌딩 챔피언이라도 된 것처럼 터질 듯 부풀어 오른 근육질의 몸이 몸집을 한층 더 커보이게 만들었다.

그것만으로도 이미 위협적인 모습이었지만… 정말로 기괴한 부분은 따로 있었다.

왼쪽 팔의 크기가 3배는 더 크고 길었던 것이다.

걸음소리의 뒤를 이어 들려오던 질질 끌리는 소리는 다름 아닌 살인마의 왼팔이 바닥에 끌리며 나는 소리였다.

"크훅… 크후욱…."

머리에는 사형집형인의 그것과도 같은 두건을 뒤집어쓴 살인마는 아마도 알몸으로 추정되는 몸의 위로 정육점에서나 볼 수 있을 법한 앞치마를 둘러매고 있었는데, 그 위로는 말라붙은 피의 흔적이 가득했다.

평범한 비율을 지닌 오른손에는 단두대의 칼날만을 뽑아와 만들어낸 듯한 디자인의 칼이 들려있었는데, 인간의 몸 따위는 가볍게 절단해낼 수 있을 것 같았다.

'…진짜 괴물이군.'

강혁은 내심 안도의 한숨을 내쉬었다.

만약 잘못 판단하여 저 괴물과 싸우려고 들었거나, 제 시간 내에 그 방을 탈출하지 못했더라면 무기도 없이 저 녀석과 마주하게 되었을 것이 아닌가.

'중화기로 무장이라도 하지 않는 한 저 녀석을 죽이는 건 무리야.'

강혁은 창살을 붙잡고 들러붙은 채 살인마의 동태를 주시했다. 혹여나 숨소리라도 새어 나갈까봐 호흡마다 길게 늘어뜨리느라 금세 답답한 감각이 몰려온다.

그러는 사이 방안을 가로지른 살인마는 지나는 경로에 있던 테이블의 위로 단두대 칼을 대강 올려놓더니 시체들이 걸려있던 벽면으로 다가갔다.

그리고는 가장 멀쩡해 보이는 시체를 갈고리로부터 끌어 내린다 싶더니 그것을 해부로 추정되는 탁자의 위로 털썩 올려놓는 것이다.

다음 순간,

'망할!'

강혁은 욕설을 머금을 수밖에 없었다.

위이이잉-!

살인마가 해부대의 밑으로부터 원형 전기톱을 들어 올렸기 때문이었다.

촤카가가가-

그리고 살인마는 목부터 하복부까지를 길게 잘라내고 있었다.

단순히 절단을 하겠다는 목적이 아니라 해부학 실험을 하기라도 하는 것처럼 피부층만을 잘라내고 있었던 것이다.

핏물이 튀어 오르며 응고된 혈액들이 살인마의 얼굴과 몸 곳곳을 적셨지만 살인마는 아랑곳하지 않고 시체의 몸을 열더니 거리낌 없이 심장을 뽑아 들었다.

그리고….

"크후으으…!"

두건의 아랫부분을 열어젖힌 살인마가 심장을 게걸스럽게

씹어 삼키기 시작했다.

"······."

단숨에 심장을 씹어 삼킨 살인마는 심장의 맛을 음미라도 하듯 시커먼 혓바닥을 날름거리며 몇 번이나 입술을 핥는 모습이었다.

꿈에 나올까 무서울 정도로 기괴하면서도 그로테스크한 장면.

"크르르···."

음미의 시간이 끝나고 끌어올렸던 두건으로 다시 입을 가린 살인마는 해부대에서 물러났다.

'음? 나가는 건가?'

문 쪽으로 가까워지는 살인마의 움직임에 강혁은 저도 모르게 마른침을 삼켰다.

하지만, 희망과는 달리 살인마는 문 앞에서 방향을 틀어 뼈로 만들어진 협탁으로 다가갔다.

크고 작은 병들과 용도를 알 수 없는 물건들이 잔뜩 놓여 있는 협탁.

'저건···?'

협탁으로부터 살인마가 꺼내어 든 것은 딱 손바닥 안에 들어올 정도 크기의 직사각형 목갑이었다.

"크후욱···."

익숙한 듯 한손만을 이용하여 목갑을 벗겨내는 살인마.

잠시 후. 목갑의 안에서 나온 것은 전혀 예상치 못한 물건이었다.

'…테잎?'

거리가 있는데다가 시야도 제한 되서 확신할 수는 없었지만 살인마의 손에 들린 것은 분명 카세트 테잎이었다.

'이런 장소에서 카세트 테잎이라니……'

생각지도 못한 물건의 등장에 강혁은 잠시 머릿속이 혼란해졌지만 궁금증은 금세 해소될 수 있었다.

딸칵- 팁!

협탁의 반대편에 있던 기계를 열어젖혀 테잎을 밀어 넣은 뒤 버튼을 누르자 음악이 흘러나오기 시작했기 때문이었다.

구슬픈 음률로 흘러나오기 시작하는 피아노 소리.

그것은 다름 아닌 베토벤의 월광 소나타였다.

현대를 살아가는 사람이라면 한번쯤은 들어보았음 음악이자, 공포스러운 분위기를 연출하고자 때에 자주 사용되는 공포 음악계의 바이블.

'젠장, 분위기 한번 끝내주는군.'

강혁은 낮게 이를 갈았다.

아무리 굳건한 정신을 가진 그라고 해도 음악까지 섞여들자 기분이 이상해지는 것을 막을 방법이 없었던 것이다.

"크르르…."

만족한 듯 카세트 앞에서 고개를 끄덕이던 살인마는 다시 해부대로 돌아와 작업에 몰두하기 시작했다.

집게와 식칼 등을 이용하여 내부기관들을 차례로 들어내고 팔과 다리를 차례로 절단한다. 그렇게 살인마는 계속해서 시체를 해체하는 것에 몰두했다.

마치 예술품을 빚어내는 고상한 취미생활을 즐기고 있기라도 하는 것처럼 말이다.

"크르륵?"

변화가 생긴 것은 월광 소나타가 끝나고서 이어진 음산한 분위기의 이름 모를 클래식 곡들이 3개나 더 지났을 때였다.

바쁘게 손을 움직이며 완전히 해체하여 벌려낸 몸통으로 몰두하고 있던 살인마가 돌연 고개를 들어 올리며 벽면을 쳐다본다.

벽면에는 낡은 느낌이 물씬 풍기는 원형 벽시계가 걸려 있었다.

각도 때문에 자세하게 볼 수는 없었지만 시계는 4시 어간을 가리키고 있었다.

"크후욱… 크흑!"

무언가 까먹고 있었던 것을 떠올리기라도 한 것처럼 하던 것을 멈추고 해부대에서 물러나는 살인마.

그런 뒤 살인마는 도구들이 걸려있는 벽면으로 다가가 대형 집게처럼 보이는 물건을 꺼내어 들더니 어깨에 걸치며 빠르게 문밖으로 빠져나갔다.

"후우우…."

살인마가 완전히 자리를 비운 것을 확인하자 강혁은 마침내 참아왔던 숨을 길게 토해냈다.

바로 그때였다.

[분기 발생 – 생존의 갈림길]

－당신은 지금 갈림길에 들어섰습니다.

－선택한 결과는 절대로 되돌릴 수 없으니 신중히 결정해 주세요.

돌연 새로운 메시지 박스가 떠오르며 '생존의 갈림길'이라는 이름의 글귀가 새겨졌다.

그리고 이내,

[선택 1. 살인마의 거처를 수색하시오. 탈출의 단서가 숨겨져 있습니다. 단, 목숨을 걸어야 할지도 모릅니다.]

[선택 2. 흔적을 지우고 처음의 시작점으로 다시 돌아가십시오. 그곳이라면 당분간은 안전할 것입니다.]

예의 선택지가 떠올랐다.

쉽게 말해, 위험을 감수하고서라도 빠른 길을 택할 것인지, 아니면 돌아가더라도 더 안전한 길을 택할지를 묻는 선택지였다.

어느 쪽도 쉽게 선택할 수 없는 절묘한 선택지.

하지만 결국 강혁은 첫 번째의 항목을 선택했다.

"되돌아간다고 하더라도 계속 안전할 거라는 보장은 없으니까."

어딜 가도 결국에는 위험과 마주해야 한다면 차라리 일찍 부딪히는 편이 나았다.

[선택이 시나리오에 반영됩니다.]

공기 중으로 희미하게 사라져가는 선택 완료의 메시지를 지나치며 강혁은 조심스럽게 창살을 다시 내리고 방안으로 뛰어내렸다.

"…지독하군."

방안으로 들어서자 훨씬 더 선명한 피 냄새가 콧속으로 파고들어온다.

곳곳에 시체가 널려 있고 음산한 느낌의 클래식 음악소리가 커다랗게 울려 퍼지고 있는 방안.

묵직하게 어깨를 짓눌러오는 긴장감에 가볍게 심호흡을

하고 어깨를 털어 조금이나마 긴장을 털어낸 강혁은 천천히 방안을 수색하기 시작했다.

'방안에 탈출의 단서가 있을 거라고 했지.'

단서라… 과연 어떤 것일까?

지금으로서는 어느 한 가지를 특정할 수가 없다.

어딘가의 잠금을 해제하는 열쇠일수도 있으며, 책자에 새겨진 기록일 수도 있으며, 아예 숨겨진 비밀 통로가 있을 수도 있다.

때문에 강혁은 범위를 좁히지 못하고 방안 곳곳을 꼼꼼히 뒤져야만 했다.

하지만 단서는 쉽게 찾아지지 않았다.

협탁의 안쪽까지 샅샅이 뒤지고 벽면을 하나하나 훑었으며, 역한 냄새가 풍겨오는 바닥까지도 살폈지만 단서라고 할 만한 흔적은 전혀 찾아지지 않았던 것이다.

30여 분만에 강혁은 방안을 모두 살펴볼 수 있었다.

그러나 찾아낸 탈출의 단서는 여전히 오리무중.

"젠장, 다 뒤져봤는데……."

언제 살인마가 돌아올지 모른다는 생각에 강혁은 조바심이 차오르는 것을 느꼈다.

'어떡하지? 지금이라도 포기하고 그냥 문밖으로 나서야 하나?'

비록 단서는 찾지 못 했지만 아직 살인마가 돌아오기 전

인 지금이라면 무사히 놈을 피해 탈출하기 위한 방향으로
나아갈 수 있을지도 모른다.

그렇게….

조바심과 함께 찾아드는 유혹에 고심하고 있을 때였다.

"…음?"

돌연 머리를 스치는 생각에 강혁은 움츠리고 있던 자세
를 풀었다.

'아직 뒤져보지 못한 곳이 한 군데 있었어!'

그건 바로 천장이었다.

그 토록이나 꼼꼼하게 방안을 뒤지고 바닥까지 훑었으면
서도 천장에 대한 것만은 떠올리지 못했었던 것이다.

"!"

고개를 들어 올린 지 얼마 지나지 않아 강혁은 의심 가는
부분을 발견할 수 있었다.

천장의 한켠으로 네모난 형태의 홈의 파여 있었으며, 그
중앙으로는 원형의 쇠고리가 매달려 있었던 것이다.

'다락으로 향하는 통로 같은 건가?'

다락방의 문을 확인하자마자 고개를 돌려 주변을 살핀
강혁은 고문도구들이 걸린 벽면으로부터 윗부분이 꺾여 있
는 기다란 쇠꼬챙이를 집어 들었다.

천장의 고리를 보자마자 벽면을 살피며 스쳐지나갔던 도
구의 쓰임새를 바로 떠올릴 수 있었기 때문이었다.

철컥—

쇠꼬챙이를 이용해 천장의 고리를 건 강혁은 그대로 팔을 아래로 내렸다.

덜컥—

키리리릭—

작은 소음과 함께 열려지는 문.

그리고 퀴퀴한 먼지와 함께 사다리가 주루룩 펼쳐지며 바닥까지 떨어져 내렸다.

"……."

악마의 입처럼 쩌억 벌어진 통로가 시커먼 어둠을 머금은 채 강혁을 마주한다.

당장이라도 무언가 튀어나올 것만 같은 분위기.

'그냥 들어가긴 무리겠지.'

잠시 고민하던 강혁은 이내 벽면에 걸려있던 등불을 꺼내어 든 뒤 사다리를 올랐다.

후우욱…

갇혀 있던 공기가 등불의 빛에 밀려나며 내부의 전경을 비춘다.

"으음…."

다락방의 전경은 피와 살점으로 점철된 아래층의 그것에 비하면 무척이나 건전한 모습을 하고 있었다.

공포영화에 나오는 교외의 저택에서 흔히 등장하는 비밀

장소와도 같은 느낌이 드는 장소.

오랫동안 방치된 것처럼 새하얀 먼지와 거미줄들이 두껍게 내려앉아 있었으며, 그 아래로는 각종 잡동사니들이 아무렇게나 널려있다.

'…창고인가?'

강혁은 희미한 등불의 빛에 의지해 다락방의 공간을 한번 크게 훑었다. 그리고는 아무렇게나 널려진 잡동사니들을 하나하나 자세히 살펴보기 시작하는 것이다.

삐걱… 삐걱…

발걸음을 내딛을 때마다 오래된 나무 바닥이 비명을 지르며 을씨년스러운 소리를 만들어낸다.

"후우…."

기분 탓일까?

유령이라도 나타난 것처럼 주변의 공기가 묘하게 차가워져 있었다.

'뭔가 있긴 있군.'

머리칼이 쭈뼛 솟아오르는 기분이었지만 강혁은 이를 악물며 탐색에 박차를 가했다.

유령에 대한 두려움에 굳어있기에는 언제 돌아올지 모르는 살인마에 대한 위협이 더 크게 다가왔기 때문이었다.

'그나저나… 여긴 묘하게 여성향이군.'

말 그대로 다락방에 널려진 잡동사니들은 대부분이 여성

과 가까운 물건들이 많았다.

솜이 터진 여자아이 봉제인형에서부터 낡고 금이 간 화장대까지 대부분이 여성들의 물품들로 가득 채워져 있었던 것이다.

드문드문 남자아이의 것으로 보이는 물건들도 보이긴 했지만 잡동사니의 80퍼센트 이상은 여성의 물품들이었다.

'뭔가 사연이라도 숨겨져 있는 건가?'

문득 그런 생각이 머리를 스쳤지만 강혁은 이내 그것을 머릿속에서 지워버렸다.

한가하게 추리나 하고 있기에는 시간이 너무나도 촉박했기 때문이었다. 아니, 언제 돌아올지 모른다는 점에서 촉박함을 넘어 불안했다.

'우선은 단서부터 찾아야 해!'

결론을 내린 강혁은 재빨리 잡동사니들을 헤집으며 단서를 찾기 시작했다.

아직 단서에 대한 정보는 단 1%도 없었지만 마구잡이로 손을 뻗다보면 그 끝에 키워드 아이템 같은 것이 걸려들지도 모른다는 생각에서였다.

그렇게 약 5분여가 지났을까?

"음? 저건…."

강혁은 다락방의 한쪽 구석에서 아무렇게나 포장이 된 박스를 발견할 수 있었다.

먼지와 거미줄로 두텁게 덮여져 세월의 흔적을 고스라이 보여주고 있는 박스. 강혁은 마치 홀린 것처럼 박스로 다가가 손을 뻗었다.

찌이이익–

이제 접착력조차 다해버린 테이프를 때어내고 박스를 열어젖힌다.

"기분 나쁜 모양새군."

박스를 열자마자 보인 것은 상자 전체를 가득 채울만한 크기의 인형이었다.

고스로리풍의 드레스를 입은 인형은 묘하게 사실적인 모습을 하고 있었는데 그렇기에 더더욱 괴기스러운 느낌이 들었다.

인형은 한쪽 눈에 떨어져 나가 덜렁거리고 있었으며, 얼굴에는 온통 칼로 그어낸 흔적이, 드레스의 사이로 드러나는 몸체 부분은 온통 새카맣게 그을려 있었기 때문이었다.

만약 이것을 만들어낸 목적이 보는 이로 하여금 기분이 더러워지게 만드는 거였다면 제대로 성공했다.

보면 볼수록 기분 나빠지는 모양새에 욕설을 머금은 강혁은 인형을 꺼내어 들어 아무렇게나 던져버렸다.

"제길!"

그리고….

바로 그때였다.

〈꺄아아아아아−!〉

돌연 울려 퍼지는 귀곡성.

동시에 눈앞으로 섬뜩하게 빛나는 육각면체의 큐브의 모습이 박혀든다.

[분기 발생 − 마녀의 분노]

−당신은 마녀의 분노를 일깨웠습니다.

−만약 그녀에게 붙잡히게 되면 죽지도 살지도 못한 채 영겁의 고통에 휘말리게 될 것입니다.

뒤를 이어 떠오른 메시지 박스의 글귀에 강혁은 이를 악물며 손을 뻗어 큐브를 집어 들었다.

이제는 짐작할 수 있었기 때문이었다.

곧이어 무슨 일이 벌어질지에 대해서.

[살인마가 돌아오고 있습니다!]

[남은 시간: 9초….]

짤막한 알림과 함께 카운트가 생성되며 불과 10초 밖에 되지 않는 시간이 빠르게 줄어들기 시작했다.

"씨발!"

마침내 쌍욕을 머금으며 강혁은 재빨리 사다리를 타고 아래로 내려갔다. 뛰어내리듯이 바닥에 착지하자 여기저기 어질러진 방안의 전경이 보인다.

"크오오오!"

분노에 가득 찬 살인마의 포효가 들려온다.

그것만으로도 강혁은 놈이 이곳을 향해 얼마나 빨리 다가오고 있는지를 짐작할 수 있었다.

남은 시간은 이제 불과 6초.

'어떻게 해야 하지?'

순간적으로 3가지의 선택지가 머리에 떠오른다.

[1. 문으로 달아난다.]

[2. 환풍구를 통해 다시 왔던 길을 돌아간다.]

[3. 숨는다.]

위험하기 그지없는 선택지들.

어떤 선택을 해도 안전을 택할 방법은 없었다.

'생각해라… 무언이 가장 확률이 높을지를……!'

고민은 하는 사이에 또다시 1초가 지나갔다.

남은 시간은 이제 불과 5초 남짓.

"젠장."

시시각각으로 조여드는 시간의 압박에 강혁은 욕설을 머금으며 방의 구석으로 향했다.

고심 끝에 마침내 결정을 내린 것이다.

끼익…

그의 선택은 숨는 것이었다.

[남은 시간: 2초….]

급격히 가까워진 시간을 확인하며 강혁은 협탁의 옆에 있던 캐비닛을 열고 그 안으로 몸을 숨겼다. 그리고는 염력을 사용해 주변의 흔적들을 최대한 본래의 모습에 가깝도록 정리한다.

그와 동시에,

"크후아아아-!"

콰앙!

마치 폭발이 이는 듯한 굉음과 함께 문이 통째로 뜯겨져 나가며 살인마의 거체가 방안으로 파고들어왔다.

"크후욱… 쿠후…."

억눌린 숨을 몰아쉬는 살인마의 광기어린 눈이 천천히 방안을 훑는다.

끈적한 살기가 방안 전체를 잠식하며 영역을 뻗어온다.

'미치겠군!'

강혁은 욕을 삼키며 이를 악물었다.

그렇게라도 하지 않으면 무심코 신음을 흘릴 것만 같았기 때문이었다.

단지 사혁의 기억과 경험을 흡수한 것만으로는 견뎌낼 수 없는 진정한 의미의 살기가 강혁의 정신을 잠식해오고 있었다.

금방이라도 살인마가 다가와 캐비넷을 열어젖히고 손에
들린 도축용 식칼을 휘두를 것만 같은 공포가 저며 든다.

"크오아악!"

살인마는 뜯겨진 환풍구와 열려진 다락방의 모습에 격분
하고 있는 모습이었다. 금방이라도 발광하며 주변에 모든
것을 부숴버릴 것만 같은 흉포함이 강렬히 전해져 왔다.

하지만 다음 순간.

살인마는 거짓말처럼 분노를 멈추었다.

"닥쳐… 멍청아!"

부서진 문의 너머로부터 표독스러운 여인의 목소리가 파
고들었기 때문이었다.

그리고… 방안에 새로운 존재가 들어섰다.

"정말 쓸모가 없군."

뭔가 겁을 먹은 것처럼 움츠린 살인마를 힐난하며 들어
선 것은 수녀복을 입은 여인이었다.

이 끔찍한 살인의 현장에 성스러워야만 할 수녀의 복장
을 한 이가 들어선 것이다.

색이 다 바랠 정도로 낡아있는 데다가 곳곳이 찢어져 누
더기와도 같은 모습을 하고 있었지만 여인의 몸을 덮고 있
는 것은 분명 수녀복이었다.

"넌 문이나 지켜."

"크후우우…."

그녀는 주변을 한번 크게 돌아보더니 살인마에게 명령을 하고는 다락으로 이어지는 사다리를 향해 다가갔다.

그리고 다음 순간,

그녀의 몸이 마치 유령처럼 스르륵 떠오르기 시작했다.

'…미친!'

그 다음에 비추어진 광경에, 강혁은 다급히 손으로 입을 덮어 신음이 새나가는 것을 막아야만 했다.

미끄러지듯 다락방으로 오르는 여인의 찢겨진 치맛자락으로 절단되어 무릎까지 밖에 남아있지 않는 다리의 단면이 드러났기 때문이었다.

방금 잘라낸 것처럼 피가 뚝뚝 흘러내리고 있는 다리의 주변으로는 핏빛의 안개 같은 것이 휘돌고 있었다.

'…살인마가 하나가 아니었어!?'

강혁은 미간을 찌푸렸다.

덩치 살인마 하나로도 골치가 아플 지경인데 저 유령 같은 여자는 또 뭐란 말인가!

'게다가… 말을 했어.'

한글도 영어도 아닌, 프랑스 어와도 같은 느낌이 드는 말이었지만, 강혁은 그것을 선명히 이해할 수 있었다.

사혁의 기억 때문은 아니었다.

그 역시도 할 수 있는 언어는 한글과 영어, 중국어 정도가 고작이었으니까.

원래부터 그래야만 한다는 것처럼,

강혁은 자연스럽게 이해하고 있었다.

'그러고 보면… 지난번의 시나리오에서도 다양한 언어들이 들렸던 것 같아. 그리고 모두들 무리 없이 서로의 언어를 이해했었지.'

이제야 되새겨지는 기억.

하지만 그것을 자세히 더듬어 볼 틈도 없이 강혁은 상념에서 빠져나와야만 했다.

〈끼아아아아악-!〉

섬뜩한 귀곡성이 울리며 천장과 방안의 대기가 통째로 흔들렸기 때문이었다.

"감히! 죄수 놈 따위가!"

뒤이어 들려오는 분노의 포효.

그것은 마녀의 목소리였다.

"크우우…."

그녀의 분노에 덩치 살인마는 잔뜩 주눅인 든 것 같은 모습이었다.

그러는 사이 다시 아래로 내려온 마녀는 못마땅하다는 눈으로 덩치 살인마를 보는가 싶더니 이내 표독스럽게 말했다.

"뭘 봐! 이 멍청아! 죄수 놈이 열쇠를 가져갔어! 얼마나 병신 같으면 죄수 놈이 버젓이 들어와서 그걸 가져가게 하느냐고!"

"크우우…."

덩치 살인마의 고개가 한없이 숙여졌다.

그런 그의 모습에 마녀는 결국 한숨을 내쉬는가 싶더니 조금은 가라앉은 목소리로 말했다.

"당장 통로로 가. 그리고 쥐새끼 한 마리 못 빠져나가게 해. 길목은 내가 감시할 테니까."

"크르륵!"

마녀의 지시에 덩치 살인마는 얼른 대답하고는 곧장 등을 돌려 부서진 문밖을 빠져나갔다.

이제 방안에 남은 것은 마녀 뿐.

그녀는 다시금 방안을 한번 크게 훑어보는가 싶더니 이내 원독에 찬 목소리로 말하며 팔을 들어올렸다.

"벌레 놈! 잡히면 죽지도 살지도 못하게 만들어 주마!"

그리고….

〈꺄아아아아아아악-!〉

다시금 섬뜩한 귀곡성이 울려 퍼졌다.

동시에 벌어지는 광경에 강혁은 또 한 번 신음을 참아야만 했다.

휘이이이-

갑작스런 돌풍이 일며 마녀의 주변으로 핏빛의 돌풍이 휘돌기 시작했던 것이다. 그와 함께 돌풍으로부터 무언가가 뭉글뭉글 피어나며 형체를 갖추기 시작했다.

'저건 또 뭐야!'

잠시 뒤 완전한 모습으로 나타난 것은 머리통이었다.

어딘가 일그러지고 고통에 찌들어 있는 것 같은 모습을 한 인간의 머리통.

-제… 발… 기… 회를….

-죽… 여… 줘….

방금 때어낸 것처럼 피가 뚝뚝 흘려내며 떠올라 있는 머리통들은 마녀의 주변을 돌며 애원을 하는 것 같은 모습이었다.

마녀는 표독스럽게 말했다.

"닥쳐! 누가 감히 내게 말을 걸어도 된다고 했지? 네놈들은 나의 노예야. 다시 고문실에 들어가기 싫다면 입 닥치고 명령이나 들어!"

힐난이 끝나자 머리통들은 거짓말처럼 입을 다물었다.

마녀는 그제야 조금은 만족한 듯한 표정을 짓더니 문 쪽을 가리키며 말했다.

"지금 당장 나가서 감옥의 길목 전체를 지켜! 개미새끼 한 마리 지나가게 해선 안 돼! 만약 탈출한 죄수 놈을 찾는 공을 세운 녀석이 있다면 나의 노예에서 해방시켜 주도록 하지."

그것이 그토록이나 달콤한 제안이었던 것일까.

-반… 드… 시…!

-드… 디… 어…!

머리통들은 희망에 찬 목소리로 말하고는 손살 같이 문 밖을 빠져나갔다. 족히 10개는 되어 보이는 머리통들이 핏물을 뚝뚝 흘리며 빠져나가는 것이다.

"큭! 멍청이 덕분에 간밤에 이게 무슨 고생인지…."

다시 혼자 남은 마녀는 또 한 번 짜증을 내고는 스르륵 흩어지며 핏빛의 안개로 화하는가 싶더니 빠른 속도로 문을 통해 빠져나갔다.

드디어 정적만이 남겨진 방안.

"……."

모두가 사라지고도 강혁은 한참이나 더 캐비넷의 안에서 숨을 죽이고 있었다.

그렇게 약 10분이 지나서야 강혁은 조심스럽게 문을 열고나올 수 있었다.

"후욱… 후욱…."

긴장된 숨을 오랫동안 참아왔기 때문일까.

거칠어진 호흡을 가다듬으며 피와 먼저의 냄새가 뒤섞인 탁한 공기나마 한껏 들이킨다. 그리고 강혁은 문 쪽을 보며 잠시 망설이는가 싶더니 곧 환풍구 있는 방향을 향해 다가갔다.

캐비넷에 갇힌 채로 지금껏 고민한 결과였다.

'조언은 분명 힌트가 가까운 곳에 있을 거라고 했으니까.'

그리고 세 번째의 시험을 받게 될 당시에 강혁은 분명 처음 시작했던 방에서 더 가까운 위치에 있었었다.

"……."

강혁은 시선을 내려 손에 들린 육각형의 큐브를 쳐다본다. 그리고는 아랫부분의 연결부를 조작한다.

찰칵–

짤막한 소음과 함께 피자의 조각마냥 6개로 나누어진 삼각형의 금이 새겨진다. 동시에 검게 타버린 십자가의 문양이 새겨져있던 상단의 면이 벌어지며 해바라기와도 같은 모습으로 바뀌었다.

'열쇠라고 했지.'

아마도 이것을 박아 넣어야만 열 수 있는 형태의 문이나 잠금장치 같은 것이 있으리라.

강혁은 그것이 처음 시작했던 방에서 가까운 곳에 있을 거라고 생각했다.

이미 이곳 고문실은 샅샅이 뒤져봤으며, 다락방에도 역시 어딘가로 통할 수 있는 흔적 따위는 찾을 수 없었기 때문이었다.

당장에 문을 나서면 찾을 수 있는 흔적일지도 몰랐지만 강혁은 적어도 지금은 처음의 위치로 다시 돌아가는 편이 더 옳다고 생각했다.

'지금은 모험을 할 때가 아니니까.'

말을 할 줄 아는데다가 기이한 힘을 쓰는 마녀의 등장만 해도 골치가 아플 지경인데 저 밖에는 그녀가 부리는 머리통들이 돌아다니고 있었다.

그러니 괜히 경비가 삼엄한 곳을 찾아갈 필요는 없으리라.

물론 지금의 선택이 헛수고라는 형태로 나타나게 될지도 몰랐지만 강혁은 왠지 모를 확신이 들었다.

키릭―

찰칵―

열쇠를 조작해 다시 본래의 육각형 큐브의 형태로 되돌린 강혁은 그것을 움켜쥔 채로 환풍구로 들어섰다. 그리고는 빠른 속도로 처음의 위치를 향해 기어나가기 시작했다.

잠시 후.

왔던 것보다 배는 빠른 시간 만에 처음의 위치로 도달한 강혁은 염력을 사용해 나사를 풀어내고 창살을 걷어차며 처음의 시작점으로 돌아왔다.

방안은 폭탄이라도 터진 것처럼 엉망진창이 되어 있었다.

벽면은 부서져 파편을 흘리고 있었으며, 철제 의자는 아예 박살이 나서 조각조각 바닥을 구르고 있었다.

'역시… 걸리면 바로 죽음이겠어.'

새삼스럽게 덩치 살인마에 대한 경계를 더하며 강혁은 좁은 방안을 꼼꼼히 살핀다.

파편들로 어질러진 바닥부터, 부서졌음에도 여전히 굳건한 형태를 유지하고 있는 두꺼운 벽과, 아무리 뒤져봐도 눌러 붙은 얼룩 따위만을 볼 수 있는 천장까지.

'…여기가 아닌 건가?'

하지만 아무리 뒤져봐도 열쇠와 연관이 있을 것 같은 흔적은 발견되지 않았다.

"남은 건……."

잠시 낙심한 표정을 짓던 강혁의 시선이 반쯤 부서진 채 덜렁거리고 있던 문 쪽으로 향한다.

"…제길."

선택의 여지가 남지 않은 상황에 강혁은 욕설을 머금으며 문을 향해 다가갔다.

온통 어둠만이 가득한 문밖의 전경이 불안을 가중시킨다.

무엇이 도사리고 있을지 모르는 극도의 위험지대.

"후욱… 후우우…."

떨리는 숨을 내쉬며 잠시 머물러 있던 강혁은 이내 결심한 듯한 표정을 지으며 어둠 속으로 들어섰다.

❖

끼이이… ,

녹이 슨 경첩의 소리와 함께 문밖으로 나서자 복도 형식
으로 이어진 길목이 보인다.

드문드문 배치된 등불들로 인해 실루엣만이 겨우 비추어
져 보이는 복도.

"……."

좌우를 살피며 혹시나 있을지 모르는 머리통의 순찰을
경계하던 강혁은 이내 고문실이 있는 곳의 반대쪽으로 방
향을 잡고는 걸음을 옮기기 시작했다.

저벅… 저벅…

"!"

생각보다 훨씬 크게 울리는 발자국의 소리에 강혁은 흠
칫 하고 놀랐다가 다시 조심스러운 발걸음을 옮긴다.

그렇게 약 10여분을 걸었을까?

"후욱… 후욱…."

가면 갈수록 묘하게 무거워져가는 공기의 밀도에 강혁은
답답한 숨을 토해냈다.

'그나저나… 여긴 수도원 같은 건가?'

눈이 어둠에 익숙해지며 점점 더 선명해져가기 시작하는
시야로 복도의 모습이 조금 더 명확하게 비추기 시작하자

강혁은 그런 가정을 떠올릴 수 있었다.

아닌 게 아니라 이어지는 복도의 모습은 눈보라사의 명작 게임인 디아블로에 나오던 버려진 수도원의 모습과 꽤나 많이 닮아 있었다.

만약 디아블로를 가상현실 게임으로 만들게 된다면 마주하게 될 광경이 이렇지 않을까 싶을 정도.

'뭐, 그게 중요한 건 아니지만.'

겉으로 비치는 이미지가 어떻든 이곳은 지하감옥이었다.

단순히 죄를 지은 이가 수감되는 그런 의미의 감옥이 아닌, 끔찍한 살인마로부터 고문당하고 죽게 되는 지옥의 감옥인 것이다.

뭐가 됐든 일단은 이곳을 빠져나가는 것이 우선이었다.

'근데 저 문들에는 다른 죄수들이 있는 건가?'

일정한 간격으로 복도의 양옆으로 존재하고 있는 문을 훑고 지나가며 강혁은 마른침을 꿀꺽 삼켰다.

최소한의 인도적인 배려조차 없이 완벽하게 구멍을 틀어막은 삭막한 철제의 문짝들이 피 냄새를 풍겨오는 것만 같았기 때문이었다.

'젠장, 나도 다 됐군.'

완전한 오리지널의 삶은 아니라고 할지라도 그 모든 것을 받아들인 이상 강혁 역시도 왕년에는 제법 피의 길을 걸어왔던 베테랑이라고 할 수 있었다.

하지만 이곳 지옥세계에서 벌어지는 일들은 하나같이 감당하기 어려운 일들뿐이었다.

'아니지. 그나마 그 기억이 있으니까 버티고 있는 건가?'

만약 찌질한 무명 배우였던 강혁이 이곳에 왔다면 생존을 논하기 전에 애초에 피와 시체를 본 뒤 정신을 잃고 말았을 것이었다.

"…음?"

어두운 공간을 소리도 없이 오랫동안 걷게 된 탓일까.

자꾸만 샘솟는 잡념에 휩싸인 채로 무의식적인 걸음을 옮기던 강혁은 돌연 발걸음을 멈춰 세우고는 신음을 머금었다.

끝없이 이어질 것만 같던 복도의 끝으로 막다른 벽을 맞닥뜨렸기 때문이었다.

'길을 잘못 든 건가……'

침음하며 어느새 식은땀이 서린 이마를 닦아낸다.

그리고는 후회의 한숨과 함께 돌아서려고 할 때였다.

"……!?"

스쳐가는 시야의 끝으로 희미하게나마 비추어진 균열이 눈에 들어왔다.

'잠깐만… 저건!?'

빠른 걸음으로 벽을 향해 다가선 강혁의 눈이 크게 치떠졌다. 단순히 균열이라고 생각했던 것이 실은 어딘가로 연결되는 문이었기 때문이었다.

복도와 연결된 감옥의 입구들과는 달리 마치 벽의 일부분인 것처럼 되어 있어서 떨어져서 볼 때는 제대로 알아채지 못 했었다.

하지만,

중요한 점은 문의 존재를 알게 되었다는 사실이 아니었다.

'설마 저건… 열쇠 구멍인가?'

문의 중앙으로 해바라기와도 같은 모습으로 움푹 파여들어가 있는 구멍.

크기로 보나 모양으로 보나 명확히 열쇠와 세트인 것처럼 보인다.

찰칵-

두근대는 심장을 억누르며 강혁은 육각형 큐브를 조작해 열쇠의 형태로 변화시켰다.

그리고는 문의 구멍으로 밀어 넣자,

"!"

한 치의 오차도 없이 정확하게 박혀 들어가는 열쇠.

철그럭-

큐브의 절반가량이 박혀 들어가자 안쪽에서부터 금속의 스치는 소리와 함께 무언가가 연결된 것 같은 감각이 전해져 온다.

'…탈출할 수 있는 건가?'

기대를 담은 숨을 삼키며 강혁은 연결된 열쇠를 우측으로 힘껏 돌렸다.

키리리릭-

철컥!

체인이 돌아가는 듯한 소리와 함께 잠금장치가 해제되는 소리가 들려온다.

그그그극-

"헉!"

열려진 문의 틈으로 퀴퀴한 공기가 밀려든다.

"…커흑!"

무언가 매캐하면서도 비릿한 냄새에 반사적으로 코를 부여 쥐던 강혁은 금세 마비되어 적응되어진 코의 둔감함에 만족하며 열려진 문의 틈을 바라봤다.

희미한 빛이 새어오는 문의 너머.

무심코 손을 뻗어가던 강혁은 갑자기 드는 생각에 손끝을 말았다.

'이제 와서….'

형체가 없는 불안감이 목을 옥죄어오는 것만 같은 기분이 들었기 때문이었다.

정말로 제대로 찾아온 게 맞을까? 안에 함정이 있지는 않을까? 그도 아니면 다른 살인마가 있는 건 아닐까 하는 불안이 끈임 없이 머릿속을 휘젓는다.

하지만,

곧 강혁은 마음을 다 잡으며 의지를 다졌다.

'여기까지 온 이상 어차피 선택의 여지는 없으니까!'

이제 와서 다시 온 길을 되돌아간다는 것도 웃긴 일이었다. 반대로 어떤 위험이 생겨나 있을지도 모르는 일이고 말이다.

'모 아니면 도다!'

강혁은 문을 힘껏 밀어 젖혔다.

그리고… 들어선 문의 너머로 비추어진 전경에 강혁은 자신도 모르게 신음을 토하고 말았다.

"헉!"

공동과 같은 형태로 구성된 넓은 공터의 중앙으로 누군가의 신형이 매달려 있었기 때문이었다.

성별의 구분조차 할 수 없을 만큼 잔뜩 마른데다가 온 몸이 피로 물들고 저며진 혈인(血人).

타다닥, 탁—

을씨년스럽게 타들어가는 횃불의 영역에 비추어진 혈인의 모습은 참혹함 그 자체였다.

얼굴을 비롯한 피부층 전체가 벗겨져 번들거리는 피막만을 노출하고 있었으며, 두 눈과 코는 적출 된지 오래인 듯 썩어버린 구멍만을 비추고 있었다.

'…죽은 건가?'

도저히 살아있다고는 생각할 수 없는 모습에 강혁은 눈살을 찌푸리며 매달린 혈인을 향해 다가섰다.

바로 지근거리에서 쳐다보는 시선에도 혈인은 어떠한 움직임도 보이질 않는다.

'역시나….'

그에 관심을 거두며 무심코 시선을 아래로 내렸을 때였다.

차르르…

"!"

바로 머리 위에서 들려오는 사슬이 스치는 소리에 강혁은 섬뜩한 감각이 등골을 타고 오르는 것을 느꼈다.

그리고….

천천히 고개를 위로 들어 올렸을 때였다.

〈그대는… 누구인가?〉

어느새 아래로 고개를 내린 혈인의 텅 빈 동공이 정확히 강혁을 응시하고 있었다.

동시에 굵은 저음의 목소리가 귓가와 머릿속으로 동시에 파고 들어온다.

"끄윽!"

인식을 하는 것과 동시에 빠르게 번지며 공동 전체를 잠식해가는 존재감.

무겁고도 두렵지만 묘하게 차분하게 느껴지는 기운이 바위처럼 어깨를 짓눌러 온다.

금방이라도 무릎을 꺾고 쓰러질 것만 같은 위태로움에 강혁은 이를 악물며 답했다.

"나는… 생존자다."

〈…생존자?〉

강혁의 대답에 혈인은 이채롭다는 듯이 고개를 저어대는가 싶더니 이내 웃음인지 울음인지 모를 감정을 담은 표정을 시뻘건 피부의 위로 새겨내며 말했다.

동시에 어깨를 짓눌러오던 존재감 역시도 거짓말처럼 사라졌다.

〈그렇군. 너는 플레이어로군. 그것도 이제 막 죽음에 발을 걸치기 시작한 풋내기 플레이어.〉

다분히 무시를 하는 듯한 말이었지만, 강혁은 어떠한 반박의 말도 꺼낼 수가 없었다.

그의 말이 사실이었기 때문이었다.

아직 그는 아는 것보다는 모르는 것이 더 많은 풋내기 중의 풋내기였다.

"……"

혈인은 그런 강혁의 모습을 물끄러미 쳐다보는가 싶더니

이내 나지막한 목소리로 말했다.

〈신중하군. 성격은 마음에 들어.〉

아무래도 그는 강혁이 꽤나 마음이 든 것 같았다.

별다른 대답 없이 그저 쳐다보기만 하자 혈인이 다시 입을 열었다.

〈그렇군. 이것도 인연인 건가… 나도 이젠 슬슬 버티기 힘들어지고 있으니…….〉

혼자 중얼거리던 혈인이 다시 강혁을 보며 말했다.

〈이름이 뭐지?〉

"…강혁."

강혁은 순순히 답했다.

혈인은 고개를 끄덕이며 다시 말을 이었다.

〈강혁이라… 지구 차원계 쪽의 이름인가? 이름의 어휘를 봐서는 남한 혹은 북한의 존재인 것 같고…….〉

"!"

〈놀랄 것 없다. 그저 너와 비슷한 조건을 지닌 친구 녀석이 있었을 뿐이니까.〉

생각지도 못한 고백에 강혁이 섣불리 꺼낼 말을 찾지 못하고 침묵하고 있자 혈인은 끅끅끅 하고 웃음을 참는 듯한 소리를 내더니 이내 진지한 목소리로 말을 이었다.

〈이번이 몇 번째 시나리오지?〉

"그건…."

핵심을 찔러오는 혈인의 물음에 강혁은 또 한 번 말문이 막혔다.

역시 그는 이 일련의 과정들에 대해서 알고 있음이 틀림없었다.

미처 알지 못하는 것들.

어쩌면 진실이나 본질에 가까운 것들까지도 말이다.

"……."

잠시 생각하던 강혁은 이내 혈인을 보며 말했다.

"이번이 2번째입니다."

〈…2번째라고?〉

어느새 강혁의 말투가 존대로 돌아서있었지만 혈인은 그런 것 따위는 상관없다는 듯 재차 물어왔다. 그리고는 다시 끅끅 거리는 기분 나쁜 웃음을 머금는가 싶더니 재밌다는 듯이 말을 잇는 것이다.

〈설마 여기를 2번째 시나리오 만에 오는 녀석이 있을 줄이야. 그 자식보다 더 골 때리는 녀석이 있을 줄은 몰랐군. 이름이… 강혁이라고 했나?〉

"그렇습니다만."

〈나는 카론이라고 한다. 안테페논 차원계의 출신이지.〉

"…그렇군요."

강혁은 얼떨떨하게 고개를 끄덕였다.

동시에 내려앉는 어색한 침묵.

"……."

결국 참지 못한 강혁이 뭔가라도 말하려고 입술을 달싹 거리는 찰나,

〈…너에게 제안이 있다.〉

혈인, 카론이 텅 빈 동공의 안쪽으로 푸른빛의 광망을 뿜 어내며 제안을 걸어왔다.

[분기 발생 - 카론의 제안]

-당신은 지하 감옥의 심처에서 죄수 카론으로부터 제안 을 받게 되었습니다.

-선택한 결과에 따라 앞으로의 시나리오 진행이 크게 달 라질 수 있습니다. 한번 정해진 선택은 번복되지 않으니 신 중히 선택해주시길 바랍니다.

동시에 떠오르는 분기 발생의 메시지 박스.

그리고 뒤를 이어 한 줄의 글귀가 허공으로 타오르듯 새 겨지며 떠오른다.

[카론의 탈출을 돕겠습니까? (YES or NO)]

그것은 탈출에 대한 것과 관련이 된 것이었다.

순간 강혁은 머릿속이 복잡해지는 것을 느꼈지만 고민은 금세 마무리 지어졌다.

'어차피 막다른 길목인 상태니까.'

길이 없다면 이쯤에서 도박을 걸어보는 것도 그리 나쁘진 않으리라.

강혁은 YES를 선택했다.

[선택이 시나리오에 반영됩니다.]

이제 익숙하게까지 느껴지는 메시지의 내용을 훑어내자 잠시 멈추어져 있는 것 같던 카론이 고개를 주억이며 말했다.

〈좋군. 그럼 이제 우린 동료인 건가?〉

"어떻게 도와줘야 하는 지에 대해서나 말하시죠. 이쪽은 그다지 시간이 많지는 않으니까요. 우선 그 쇠사슬이라도 풀어드릴까요?"

〈아니. 어차피 너의 힘으로 이 쇠사슬을 끊는다는 것은 무리다. 이것은 데모니움으로 만들어진 특제 구속 장비들이니까.〉

"그럼 대체 어떻게……!"

조바심을 드러내고만 강혁의 모습에 카론은 끅끅 웃으며 말을 이었다.

〈진정해. 지금 바로 기억을 주입시켜줄 테니까.〉

"네? 주입이요?"

바보 같은 표정으로 되묻는 강혁이었지만 그 질문은 끝까지 닿을 수 없었다.

번쩍-

돌연 눈앞이 붉게 차오르며 이질적인 기억의 흐름들이 환영처럼 머릿속으로 파고들어오기 시작했기 때문이었다.

"허으으윽!"

말 그대로의 주입이었다.

기억이 주입된 것은 그야말로 찰나의 시간.

하지만 강혁은 그것만으로도 머리가 깨질 것만 같은 통증에 시달려야만 했다.

잠시후.

"허억… 허억…."

강혁은 악몽을 꾸고 난 직후의 아침처럼 거친 숨을 몰아쉬었다. 그리고는 폭풍처럼 지나쳐간 날카로운 통증의 감각을 상기하고 있을 때였다.

[시험(히든): 죽음과 가까운 생존]

-카론은 본래 뛰어난 힘을 지닌 전사였습니다. 구속을 푸는 방법은 스스로의 힘을 되찾는 방법 뿐.

-마녀의 방으로 가서 [악마의 룬] 을 찾아오세요.

(조언: 가끔은 스스로 위험 속에 뛰어들어야만 할 때도 있는 법입니다.)

새롭게 떠오른 '시험' 의 메시지 박스.

그것은 이전에 떠올랐던 순서의 시험과는 별개의 종류였다.

'히든? 거기에 악마의 룬이라니……!'

이름만 들어서는 생소하기 그지없는 물건이었지만, 강혁은 분명 이전에 한번 악마의 룬을 본 적이 있었다.

그것이 과연 동일한 물건인지에 대해서는 확신하기 어려웠지만 적어도 외형만큼은 분명 기억 속에 있는 물건이었던 것이다.

카론으로부터 주입된 기억.

그것을 통해 읽어 들인 '악마의 룬'의 외형은,

'…피로 물든 눈알 조각이었어.'

이전의 시나리오에서 탈출을 위해 사용했었던 히든 아이템 피로 물든 눈알 조각이었다.

〈왜 그러지? 시간이 없는 것 아니었나?〉

혼란스러운 표정으로 강혁이 멈추어 서있자 카론이 재촉하듯 말했다.

〈마녀의 방의 위치는 기억을 통해 제대로 주입이 되었을 것이다. 숨겨진 통로를 통해서 가면 시간도 상당부분 단축할 수 있겠지. 그러니… 서둘러라. 지금 이 순간에도 시간은 계속해서 줄어들고 있으니까.〉

그 말을 끝으로 카론은 고개를 내리며 강혁으로부터 완전히 관심을 거두는 모습이었다.

그리고…….

〈남은 시간: 39분 59초….〉

빌어먹을 놈의 타이머가 또다시 생겨났다.

"크읏!"

짜증 섞인 신음과 함께 이를 악문 강혁은 더 이상 망설이지 않고 카론을 지나쳐 공동의 뒤편으로 다가갔다. 그리고는 기억을 따라 손을 뻗어 벽에 매달려 있던 꺼진 횃대를 옆으로 꺾었다.

끼릭-

쿠구구구…

기관이 움직이는 소리와 함께 아무 것도 없던 벽으로 금이 새겨지며 숨겨져 있던 통로가 드러난다.

마녀의 방이 있는 2층 구역까지 곧장 향해갈 수 있는 계단이 있는 통로.

"후우우…."

심호흡을 하며 마른침을 삼킨 강혁이 열려진 통로의 안으로 몸을 던졌다.

톱스타의 킬링필드

hell is coming

chapter 4. 카론의 선물

Hell is coming

chapter 4. 카론의 선물

"흐어어억!"

숨이 넘어가는 소리와 함께 강혁은 잠에서 깨어났다.

그대로 일어나 앉아 숨을 몰아쉬고 있자 그제야 주변의 전경이 눈으로 들어온다.

딱 필요한 가재도구 외에는 어떤 것도 찾아볼 수 없는 삭막하기 그지없는 방 안.

'그렇군. 돌아온 거구나…'

익숙하기 그지없는 방의 전경에 강혁은 비로소 안도의 한숨을 내쉬었다.

문득 폰을 켜 시간을 확인해보니 [AM 01:03]이라는 숫자가 보인다.

'1시간 쯤 지난 건가?'

분명 자정을 기해서 잠이 들었었으니 1시간 정도의 오차가 있었다. 만약 지하 감옥에서의 일들이 꿈이라면 1시간 동안이나 되는 악몽을 꾼 셈이다.

"물론 꿈일 리는 없지만."

푸념하듯 말하며 강혁은 침대를 벗어났다.

묘하게 묵직한 어깨를 주무르며 방을 나가 1층의 거실로 들어서자 어둠에 감싸인 소파의 실루엣이 비친다.

강혁은 굳이 불을 켜지 않은 채 부엌으로 걸어가 냉장고를 열고 콜라 캔을 꺼내어 들었다.

딸칵, 치이이익-

시원하게 울리는 탄산의 소리.

"꿀꺽꿀꺽… 크으으!"

단숨에 캔의 절반 이상을 들이킨 강혁은 목구멍을 태워오는 짜릿함을 느끼며 그대로 소파로 걸어가 무너지듯 기대어 앉았다.

"…아!"

문득 떠오른 생각에 오른쪽 복부를 매만지며 티셔츠를 끌어올려보기까지 했지만 보이는 것은 깨끗한 맨살과 잘 단련된 복근의 윤곽뿐이었다.

하지만 강혁은 그곳으로 틀어박히던 칼날의 이질감을

지울 수가 없었다.

단순히 살갗을 찢어내는 것으로 모자라 태우며 동시에 썩어 들어가게까지 만들던 끔찍한 고통의 기운을 말이다.

"…이번엔 정말로 위험했어."

정말이지 한끝 차이였다.

'불과 1분만 더 지체되었더라도 나는 더 버티지 못 했을 테니까.'

새삼 떠오르는 기억에 강혁은 머리를 흔들었다.

기억이 새겨질 때마다 두통이 이는 듯한 느낌이다.

"젠장."

하지만 그럼에도 지워버릴 수 없는 지옥에서의 기억에 강혁은 결국 포기하고는 소파 위로 늘어졌다.

"…어차피 잠이 올 것 같은 상태도 아니니까."

이대로 잠이 들었다간 진짜 악몽에 시달리고 말 것이었다.

"…어쨌든 살았으니까."

전혀 위로가 되지 않는 위로를 삼키며 강혁은 한숨과 함께 기억을 더듬었다.

❖

비밀 통로를 통해 들어선 강혁은 나선형태의 계단을 타고 올라가 무사히 2층으로 들어설 수 있었다.

연결된 문을 열고 들어선 공간으로 비추어진 것은 어스름에 잠겨있는 중세풍의 복도.

비밀 통로의 계단은 2층의 복도로 접하고 있었던 것이다.

정확히는 이름 모를 귀족 여인이 그려진 대형 초상화의 아랫부분이었다.

어둡고 버려져 있다는 분위기가 가득한 지하와는 달리 2층의 전경은 누군가에 의해 계속해서 관리가 되어왔던 것처럼 깔끔해 보였다.

벽에는 풍경이나 인물이 그려진 그림액자들이 걸려 있었으며, 중간 중간마다 예술품이나 장식품들이 곱게 자리하고 있다.

마치 소설 속에 나오는 귀족가의 복도를 그대로 형상화해낸 듯한 모습.

그만큼 고풍스러운 느낌이 가득한 곳이었지만 강혁은 긴장을 풀지 않고 발소리조차 죽여 가며 조심스럽게 움직이기 시작했다.

'그것이 실은 모두 환영에 불과하다는 것을 알기 때문이지.'

카론으로부터 주입된 기억을 통해, 강혁은 2층이 강력한 환영 마법으로 구성된 곳이며, 조금이라도 현혹되었다가는 헤어 나올 수 없는 무저갱 속으로 빠지게 된다는 것을 알고 있었다.

때문에 강혁은 최대한 시선을 땅으로만 향하게 한 채로 움직였다.

그림이나 장식품들을 쳐다봤다가는 순식간에 환각에 사로잡히게 될지도 모르니까.

그렇게 복도를 가로지른 강혁은 생각보다 어렵지 않게 마녀의 방으로 들어설 수 있었다.

고풍스럽고 화려한 복도의 전경과는 달리 수수하기 그지없는 방 안.

입고 다니는 옷처럼 마녀의 방은 좁고 허름했다. 방에 있는 가구라고는 낡은 침대와 책상밖에는 찾아볼 수 없었던 것이다.

마치 정말로 어딘가 수도원의 수녀가 머무는 방이 아닌가 싶기도 했지만 강혁은 이내 잡념을 지우고는 방을 뒤지기 시작했다.

카론의 말에 의하면 분명 '악마의 룬'은 마녀의 방 어딘가에 숨겨져 있을 테니까.

"아! 이건가?"

걱정했던 것과는 달리 악마의 룬은 그리 어렵지 않게 찾아낼 수 있었다.

어딘가 비밀 공간에 숨겨져 있기는커녕 베개를 치워내자마자 곧장 그 모습을 드러냈던 것이다.

섬뜩한 눈알 모양의 구체를 집어든 강혁은 곧바로 방을 박차고 뛰어나갔지만 우려하던 경고음 같은 것은 울리지 않았다.

그대로라면 어떠한 위험도 없이 다시 왔던 길을 돌아가 기만 하면 될 일.

하지만 얼마 지나지 않아 강혁은 일이 그렇게 쉽게 돌아 가 주지는 않을 거라는 것을 깨달을 수 있었다.

"망할!"

비밀 계단으로 향하는 입구가 외부로부터는 열 수 있는 방법이 없었기 때문이었다.

카론에게로 돌아가려면 정식 계단으로 내려가 수비가 삼 엄한 지하 감옥의 복도를 뚫고 가야만 했다.

그것도 남아있는 30분 정도의 제한시간 만에 말이다.

암담한 기분이 찾아들었지만 강혁은 곧 회복하고는 계단 을 내려가기 시작했다.

홀의 형태로 연결된 중앙 계단을 타고 1층으로 내려가자 넋이 나간 표정을 한 인간들이 도끼나 식칼 따위를 들어 터 덜터덜 걸어 다니고 있는 모습이 보였다.

그들에게 들키지 않도록 소리를 죽여 이동한 강혁은 10 분을 헤매고 나서야 겨우 지하로 통하는 길목을 찾고는 신 속히 들어섰다.

혹시나 해서 외부로 통하는 다른 길목이 있지는 않나

살펴보았지만 안타깝게도 그런 행운은 찾아오지 않았다.

유일하게 보이는 통로라면 1층의 홀과 연결된 저택의 대문이 있었지만, 그곳은 현실적으로 공략할 수가 없었다.

홀에는 시체와도 같은 모습의 인간들이 잔뜩 돌아다니고 있었으며, 문 앞에는 정체를 알 수 없는 검은색의 기류가 휘돌고 있었기 때문이었다.

'저기를 뚫는 건 자살 행위야.'

굽이치는 나선형의 계단을 타고 내려서자 철창으로 막혀진 지하 감옥의 입구와 그 앞을 지키고 선 덩치 살인마의 모습이 보였다.

단일형으로 연결된 구조 때문에 도저히 뚫어낼 수 없을 것처럼 보이는 모습.

하지만 강혁은 결국 답을 찾아냈다.

계단이 꺾이는 지점의 끝으로 환풍구 통로가 있었던 것이다.

염력을 사용하여 들키지 않도록 조심스럽게 나사를 풀어낸 강혁은 덩치 살인마의 시선이 잠시 벗어나는 틈을 타서 빠르게 창살을 열고 환풍구의 내부로 들어설 수 있었다.

다행스럽게도 환풍구의 끝은 고문실의 반대쪽 벽면으로 연결되어 있었다.

외부에 집중하고 있기 때문인지 여전히 고문실은 비워져 있는 상태.

안도의 한숨을 내쉬며 고문실로 떨어져 내린 강혁은 다시 환풍구로 기어들어가 처음의 방을 지나쳐 무사히 카론이 있는 곳까지 도달할 수 있었다.

가는 길의 복도에서 공중을 배회하는 머리통과 마주치기도 했지만 어둠 속에 웅크린 채 호흡마저 참아내자 머리통은 바로 옆을 지나가고 있음에도 강혁의 존재를 알아채지 못 했다.

〈정말로 성공했군!〉

우여곡절 끝에 카론에게 돌아왔을 때는 제한시간이 불과 3분 정도만을 남기고 있을 때쯤이었다.

"여기."

강혁은 악마의 룬을 카론에게로 넘겼다.

악마의 룬이라 이름이 붙은 눈알 모양의 조각이 새겨진 구슬.

지난번과는 달리 아이템 정보조차 뜨지 않았기에 강혁은 그것이 어떤 방식으로 쓰이게 되는지에 대해서 전혀 알 수가 없었다.

〈그걸 내 입속으로 넣어라.〉

카론의 '부탁'에 의해 그것을 그의 입속으로 넣기 전까지는.

잠깐의 망설임이 머리를 스쳤지만 강혁은 이내 결심을 하고는 악마의 룬을 카론의 입속으로 집어넣었다.

그리고… 바로 다음 순간이었다.

〈크아아아아!〉

입을 닫고 악마의 룬을 목구멍의 너머로 삼키자마자 카론이 돌연 처절한 비명을 터뜨리기 시작했다.

저런 꼴이 되어서도 담담한 기색을 보이고 있던 그가 참을 수 없다는 듯 온 몸을 휘저으며 고통을 호소하고 있는 것이다.

'젠장! 뭔가 잘못 된 건가?'

혹시 잘못 가져온 건 아닐까?

마녀가 저주라도 걸어두었던 건 아닐까?

그도 아니면 애초부터 먹어서는 안 되는 물건이었던 게 아닐까?

짧은 순간 수많은 생각들이 강혁의 머리를 스치고 지나갔다. 하지만 그런 강혁의 생각은 길게 이어질 수 없었다.

화르르륵-!

"허억!"

카론의 몸 내부로부터 생성된 보라색의 불길이 급격하게 타오르며 그의 몸 전체를 덮어가기 시작했기 때문이었다.

순간적으로 화악 하고 끼쳐오는 열기에 강혁은 저도 모르게 팔을 들어 얼굴을 가렸다.

쿠화아아아-!

물러선 순간 불길은 이제 하나의 소용돌이가 되어 허공
으로 휘말려 올라가고 있었다.

감옥 전체를 녹여낼 것만 같은 강렬한 열기에 강혁은 움
츠린 채 연신 신음을 머금었다.

'…이렇게 죽는 건가?'

무심코 그런 생각이 머리를 스치고 지나갔을 때였다.

번- 쩌억-!

눈이 멀 것만 같은 푸른색의 빛과 함께 뱀처럼 일렁이던
보라색의 불길이 급격히 팽창하며 사방으로 번졌다.

탐욕스럽게 다가드는 화마에 강혁은 몸을 잔뜩 움츠린
채 충격에 대비했지만, 아무리 기다려도 충격은 없었다.

"…음?"

그리고 이내, 반사적으로 감겨졌던 눈꺼풀을 조심스럽게
밀어 올렸을 때였다.

〈후우우… 썩 나쁜 기분은 아니군.〉

낮은 저음의 목소리와 함께 등장한 것은 '달라진' 카론의
모습이었다.

벌어진 입가로 다 타고 그을린 연기가 뿜어져 나오고 몸
의 열기가 아지랑이처럼 피어오른다. 검은색의 해골을 달
구어내는 열기가 말이다.

"그 모습은…?"

〈후후, 보다시피 마물이 된 거지.〉

온통 검은색으로 이루어진 해골로 변화해버린 카론은 푸른색의 안광을 번뜩이며 웃어보였다.

담담하면서도 묘하게 염세적인 것처럼 보이던 이전과는 달리 명백한 활기를 머금고 있는 듯한 태도.

겉모습만큼이나 변해버린 그의 태도에 강혁은 반사적으로 방어적인 자세를 취했지만, 카론은 대수롭지 않게 몸에 붙은 잿가루를 털어내고 관절들을 이리저리 움직여가며 말했다.

〈그렇게 경계할 건 없어. 마물이 되었다고 해서 내가 너의 적이 되었다는 건 아니니까.〉

"그게 무슨…."

이해할 수 없다는 듯한 강혁의 반응에 카론은 턱관절을 늘어뜨리며 또 다시 푸른색의 안광을 번뜩였다.

마치 웃고 있는 것처럼도 보이는 얼굴.

그를 보며 무심코 눈을 깜빡였을 때였다.

"허억!"

눈을 뜨자마자 바로 코앞까지 다가와 있는 카론의 모습에 강혁은 기겁하며 물러서려고 했다.

하지만 강혁은 원하는 바를 이룰 수가 없었다.

푸욱—

〈이런 거다.〉

피해야만 한다는 생각이 뇌리에 채 닿기도 전에 카론의

뾰족한 손톱이 미간을 꿰뚫고 들어왔기 때문이었다.

검지와 중지와 겹쳐진 손가락이 송곳처럼 미간을 꿰뚫고 들어와 뇌까지 즉각 파고든다.

"⋯⋯!?"

그러나 강혁은 죽지 않았다.

미간이 꿰뚫렸음에도 죽지 않았던 것이다.

〈단지 기억 이전이라면 굳이 이런 번거로운 짓은 하지 않아도 되지만⋯ 빚을 만드는 건 질색이니까.〉

카론은 그런 강혁을 내려다보며 타이르듯 말했다.

〈조금 아플 거다.〉

그리고⋯ 그가 말하는 것과는 까마득히 차이가 있는 정도의 끔찍한 고통이 머리를 뒤흔들기 시작했다.

"끄아아아아악-!"

10초.

고작 10초에 불과한 시간이었다.

하지만 강혁은 그 순간이 마치 10년과도 같이 느껴졌다.

평범한 사람이라면 불과 1초도 견디지 못한 채 정신을 잃거나 미쳐버린다고 해도 이상하지 않은 수준의 고통이었던 것이다.

"컥, 커헙! 허억⋯ 허어억⋯."

끔찍한 시간을 버텨낸 강혁은 그대로 허물어진 채 바닥을 짚고 거친 숨을 몰아쉬었다.

그런 그의 머리 위로 카론의 무심한 목소리가 떨어졌다.

〈그만 일어나라. 몸에 이상은 없잖아? 그리고… 이젠 정말로 시간이 촉박해졌거든.〉

"큭, 제길."

재촉하는 듯한 카론의 말에 강혁은 욕설을 머금으면서도 얼른 일어섰다. 그의 말처럼 몸의 상태에는 정말이지 아무런 이상도 없었으니까.

카론은 강혁의 빠릿한 태도에 만족했다는 듯한 어조로 말했다.

〈기억은 주입되었을 테니… 이제 뭘 해야 할지는 알겠지?〉

"……."

〈내가 퍼뜨린 기운 때문에 아마 녀석들은 지금 이쪽으로 빠르게 다가오고 있을 거야. 어쩌면 벌써 포위망을 형성하고서 조여들고 있을지도 모르지.〉

거기까지 말한 시점에서 카론은 잠시 말을 멈춘 뒤 허공의 한쪽으로 손을 뻗었다.

즈으응—

그와 동시에 나아가는 손의 경로 끝으로 생겨나는 검은색의 구멍.

카론은 망설임 없이 구멍 속으로 손을 밀어넣으며 재차 말을 이었다.

〈하지만 걱정하지 마라. 시선몰이 정도는 충분히 해줄 테니까. 게다가 나는 녀석들에게 맺힌 것도 꽤나 많거든.〉

그와 동시에 구멍으로부터 빠져나온 그의 손아귀에는 어느새 투박한 롱소드가 쥐여져 있었다.

〈당장 쓸 수 있는 장비라고는 이정도 뿐이지만… 녀석들을 상대로는 충분하지.〉

장담하는 듯한 말과 함께 회색 검신의 위로 푸른색의 기류가 소용돌이처럼 피어올랐다.

마치 어딘가의 게임이나 소설 속에서나 나올 법한 데스나이트와도 같은 모습.

〈음… 기척들이 다가오는 게 느껴지는 군. 이젠 정말로 시간이 없어. 가라.〉

"…감사합니다."

문을 향해 다가가는 카론을 지나쳐 비밀통로의 앞에선 강혁은 그의 뒷모습을 향해 진심으로 고개를 숙여보였다.

그리고 강혁은 곧장 계단을 타고 올라가기 시작했다.

'…탈출 할 수 있어!'

카론으로부터 주입된 기억을 통해 진정한 의미의 탈출로를 알게 되었기 때문이었다.

악마의 룬을 습득하여 돌아오던 길목에서 보았던, 유일한 탈출구처럼 보이던 1층의 정문은 사실 함정이었다.

넋나간 인간들을 모두 무찌른 뒤 문을 열고 탈출한다고 해도 정원에는 더한 괴수가 문지기처럼 지키고 있는 것이다.

이제 막 2번째의 시나리오 도전을 하게 되는 강혁으로써는 도저히 이겨낼 수 없는 정도의 난이도.

'재수도 없지.'

카론의 기억에 의하면 보통의 플레이어가 이곳 쯤의 난이도에 도달하게 될 시나리오는 최소 6~8정도라고 했다.

한 마디로 지금 강혁은 강제적으로 하드모드 시나리오를 진행하고 있는 셈인 것이다.

'하지만… 그래도 난 살아남는다!'

상황이야 어쨌건 확실한 정보를 얻게 된 상태였으니까.

게다가 카론이 난동을 피우며 시간까지 끌어주는 상황이니 실패를 할 리가 없었다.

시험(3)의 조언. 언제나 비밀은 가까운 곳에 있기 마련이라는 말은 지속적으로 통용이 되는 말이었다.

탈출의 실마리는 2층 마녀의 방에서 불과 3미터 정도 밖에는 떨어지지 않은 곳에 있었기 때문이었다.

'엘리베이터.'

이곳에는 숨겨진 엘리베이터가 있었다.

어떻게 되먹은 구조인지는 모르겠지만 이곳 지하 감옥은 두 개의 필드와 연결이 되고 있는 것이다.

쉽게 설명하자면, 1층에 있는 정문을 통해 나갈 경우 정원에 있는 괴물을 처치하더라도 지하 세계로 이어지게 된다.

하늘도 있고, 바람도 있으며, 빛과 공기까지 존재하는 공간이 어째서 지하에 존재하는지는 모르겠지만… 1층 정문 너머의 세상은 분명 지하세계의 일부와 이어지고 있었다.

반면, 엘리베이터를 탑승할 경우 진짜 지상의 세계로 나아갈 수 있었다.

'이번이 아닌 다음의 시나리오에서도 살아남고 싶다면 엘리베이터를 탑승하는 편이 좋다고 했었지.'

현실적으로도 그편이 이득이었다.

이미 정신이 아득해질 정도의 난이도를 헤쳐 왔는데 덩치 살인마조차도 우스워질법한 괴물을 뚫고서 탈출이라니, 성공 시의 보상이 아무리 크다고 해도 강혁은 그것을 이행할 자신이 없었다.

"음! 여긴가?"

2층으로 들어서자마자 콰앙! 하고 들려오는 폭음과 함께 복도를 내달린 강혁은 곧장 마녀의 방으로부터 반대되는 방향의 끝에 있는 방으로 향해 문을 열어젖혔다.

숙소라는 느낌이 강한 마녀의 방과는 달리 관리인실과 비슷한 분위기를 띄고 있는 방안.

"저기 있군."

강혁은 어렵지 않게 벽에 걸린 열쇠 뭉치를 발견할 수 있었다.

족히 20개는 넘어 보이는 열쇠가 매달린 뭉치.

그 중 하나가 엘리베이터를 가동시키는 열쇠였다.

'좋아. 지금까진 순조로워.'

열쇠 뭉치를 손에 쥔 채로 다시 복도로 빠져나온 강혁은 들뜨는 마음을 애써 가라앉히기 위해 노력하며 침착하게 복도를 지나 마녀의 방을 지나쳐 복도 끝을 꺾어드는 모퉁이를 돌았다.

"윽! 쿨럭쿨럭!"

모퉁이로 접어들자마자 강혁은 진하게 파고드는 유황의 냄새에 기침을 해야만 했다.

마치 결계라도 쳐진 것처럼 모퉁이 너머의 지대로만 유황이 타들어가는 연기가 자욱하게 들어차 있었던 것이다.

"큭, 제길!"

목구멍이 따끔해지는 것을 느끼며 대강이나마 소매를 들어 코와 입을 가린 강혁은 그대로 연기를 헤치고 모퉁이로 이어진 길목의 끝으로 향했다.

'여기야! 진짜 있었어!'

길목의 끝에 있는 것은 영화에 나오는 서양의 오래된 호텔에서나 볼 수 있을 법한 디자인의 엘리베이터였다.

입구를 막아선 철창의 연결부로 촘촘하게 휘감긴 쇠사슬과 자물쇠를 발견한 강혁은 곧장 열쇠뭉치를 풀어 열쇠를 꽂아 가기 시작했다.

찰칵, 착―

키리릭, 킥―

마음이 급하기 때문일까?

침착해야만 할 상황임에도 자꾸만 조바심이 나서 열쇠를 대조하는 작업이 더뎌지고 있었다.

"후욱… 후욱…."

유황 연기 때문인지 빠르게 호흡이 가빠지고 있었다.

어느새 맺히기 시작한 땀방울이 이마를 타고 흘러내리며 눈까지 파고든다.

하지만 강혁은 여전히 눈을 부릅뜬 채로 열쇠를 대조하는 작업에 집중했다.

그렇게 약 2분여가 지났을까?

찰칵, 키리리릭―

"!"

강혁은 마침내 자물쇠와 맞아 들어가는 열쇠를 발견할 수 있었다. 곧장 열쇠를 깊숙이 밀어 넣은 강혁은 손목을 비틀어 자물쇠를 풀어냈다.

철컹―

드르르륵―

자물쇠를 풀어내고 쇠사슬마저 풀어낸 뒤 덜컹거리는 철
창을 열어젖힌다.

"하아… 드디어!"

강혁은 왠지 모르게 눈에 습막이 차오르는 듯한 기분을
느꼈다. 하지만 감동 따위에 취해있을 틈은 없었다.

'…언제 무슨 일이 벌어질지 모르니까.'

다시 마음을 다잡은 강혁은 엘리베이터로 들어서자마자
내부 철창을 닫고서 1층이라고 적힌 버튼을 누른다.

진정한 의미의 지상으로 나아가는 것이다.

현재 강혁이 있는 위치는 무려 지하 13층이었다.

그러니까 처음 깨어났던 지하 감옥은 무려 지하 15층이
되는 셈이었다.

즈으으응—

버튼을 누른 채 잠시 기다리자 이내 미세한 전기음과 함
께 상승하기 시작하는 엘리베이터. 발밑으로 전해지는 짧
은 부유감을 느끼며 강혁은 벽에 기대어 숨을 골랐다.

끔찍하던 공간과 점차로 멀어져가고 있다는 생각 때문일
까?

줄곧 신경을 곤두서게 만들던 긴장감이 천천히 해소되어
가는 느낌이었다.

띵!

엘리베이터는 얼마 지나지 않아 1층으로 도달했다.

'드디어!'

강혁은 감격 어린 표정을 지으며 문을 열고 나섰다.

"……!?"

하지만 그 끝에 있는 것은 그가 상상했던 광경이 아니었다.

지하도와 비슷한 광경의 길목과 좁은 통로만이 이어지고 있었던 것이다.

'후우, 진정하자. 진정해.'

강혁은 애써 침착함을 새기기 위해 노력하며 엘리베이터를 나와 조심스럽게 지하도를 가로 질렀다.

어떠한 갈림길도 없이 그저 일자로 쭈욱 이어지고 있는 지하도.

무엇이 원인인지 모를 역한 냄새들만 제외하면 길을 나아가는데 어려움은 없었다.

그렇게 약 5분여를 걸었을까?

"…아?"

강혁은 마침내 진정한 의미의 탈출로를 발견할 수 있었다.

지하도의 끝에 위치한 사다리.

잔뜩 낡아있고 녹까지 짙게 슬어 있는 사다리를 보자마자 강혁은 확신할 수 있었다.

사다리와 연결된 천장의 끝으로 희미하게나마 빛이 새어

들어오고 있었기 때문이었다.

'이번엔 진짜다!'

강혁은 새삼스럽게 활력이 샘솟아 오르는 것을 느끼며 즉시 사다리로 뛰어가 매달렸다. 그리고는 힘차게 천장을 향해 오르기 시작한다.

맞닿는 손바닥으로 투박한 철의 감촉과 녹슨 쇳물이 진득히 눌러 붙어왔지만 강혁은 개의치 않고 부지런지 손과 발을 놀렸다.

"하아… 하아…."

흥분으로 저절로 호흡이 거칠어진다.

불과 3초도 되지 않는 시간 만에 강혁은 10미터 남짓으로 보이는 사다리를 절반이상 타고 올라갔다.

지상까지 남은 거리는 이제 고작 3미터 정도.

강혁은 저절로 입가에 미소가 고이는 것을 느끼며 위를 향해 손을 길게 뻗었다.

어떠한… 일말의 긴장감도 머금지 않고서 말이다.

푸우욱!

순간, 섬뜩한 피륙음과 함께 아찔한 통증이 찾아들었다.

일순 굳어지며 시선을 아래로 내리자 복부 깊숙이 파고들어 있는 비수의 모습이 보인다.

"…어?"

대체 무슨 일이 벌어진 건지 모르겠다는 느낌의 바보 같은 표정이 강혁의 얼굴 가득 차오른다.

그런 그의 의문에 답을 해준 것은 표독스러운 느낌이 드는 여성의 목소리였다.

"빌어먹을 쥐새끼가 잘도 일을 벌였더구나!"

힘겹게 목소리가 들린 곳으로 시선을 옮기자 비수의 손잡이를 움켜쥐고 있는 시커먼 수녀복 차림의 여성이 보였다.

얼굴의 절반이 화상으로 일그러져 있었으며, 목의 아랫부분은 시커멓게 타들어가 있는, 창고에서 발견했던 인형과도 같은 모습의 여성.

무릎까지 절단된 다리의 위로 붉은색의 기류를 휘감은 채 허공에 유령처럼 떠올라 있는 여성의 모습에 강혁은 절망감이 차오르는 것을 느꼈다.

'…마녀!'

어째서 저 여자가 여기에 있는 걸까?

그녀는 카론이 막아서기로 한 게 아니었나?

짧은 순간 수많은 생각들이 머리를 스친다.

하지만 역시 가장 많이 머릿속을 스치는 생각은 역시 욕설이었다.

'이런 씨발! 씨발씨발씨발씨발!'

차마 입 밖에 내지 못한 욕설이 끊임 없이 머릿속을 휘젓는다.

그러나 그것도 잠시.

강혁은 이를 악물며 위를 향해 손을 뻗었다.

'어떻게 여기까지 왔는데!'

겨우 단검 좀 찔렸다고 해서 포기할 수는 없는 노릇이었다.

복부를 타고 화끈하게 타고 드는 통증을 억누르며 강혁은 도주를 선택했다.

바로 코앞에 마녀를 두고 있으면서도 도주를 선택하는 것이다.

일단 지상으로 나아가기만 하면 어떻게든 그녀를 떨쳐낼 수 있을 것 같다는 근거 없는 확신이 떠올랐기 때문이었다.

하지만,

"쿨럭! 컥!?"

강혁은 더 이상 손을 뻗을 수가 없었다.

기침이 솟구치며 대량의 핏물이 토해졌기 때문이었다.

죽어버린 시커먼 핏물들이 순식간에 티셔츠의 상단을 축축하게 적신다.

동시에 강혁은 손끝으로부터의 감각이 딱딱하게 굳어져 옴을 느꼈다. 마비되어가고 있는 것이다.

무심코 내린 고개에 걸린 것은 복부에 깊숙이 파고든 채 보라색의 요사스러운 기운을 뿜어내고 있는 비수였다.

"커흑!"

강혁은 고통을 참아내며 다급히 비수를 뽑아냈다.

"끄아악!"

미칠 듯한 통증이 찾아들었지만 강혁은 필사의 인내로 정신의 끈을 부여잡았다. 그리고는 시커먼 핏물로 물들기 시작한 티셔츠를 걷어내자 깊숙이 파여진 자상이 보인다.

"소용없어. 이 비수에는 저주가 걸려 있으니까."

뽑아낸 비수는 어느새 마녀의 손으로 다시 들려져 있었다.

그녀는 요사스럽게 웃으며 조롱하듯 말했다.

"썩어가는 몸을 보며 천천히 죽어가렴."

"쿨럭! 쿨러억!"

강혁은 다시금 피를 토했다.

좀 전보다 훨씬 더 검어진 핏물이 연신 뿜어져 나온다.

비수가 파고들었던 상처부위는 빠르게 괴사하고 그 범위를 넓히며 썩어 들어가고 있었다.

'…젠장!'

강혁은 절망이 차오르는 것을 느꼈다.

이제는 정말로 희망이 없는 것이다.

'이제 조금만 더… 겨우 3미터밖에는 남지 않았는데…….'

깊은 아쉬움이 차올랐지만 손끝으로부터 시작된 마비증상은 이제 팔꿈치를 지나 어깨까지 전이되려 하고 있었다.

'…끝이다.'

강혁은 눈을 감았다.

그리고… 마지막 희망처럼 악착같이 붙잡고 있던 사다리의 손잡이를 놓아버리려는 찰나였다.

꽈아아앙-!

지척이 울릴 만큼 커다란 폭음이 울리며 대량의 돌무더기들이 튀어올랐다. 동시에 파고드는 목소리에 강혁은 감았던 눈을 번뜩 밀어 올릴 수밖에 없었다.

〈어딜 도망가는 거냐! 마녀!〉

굵직하면서도 힘이 있는 목소리.

그것은 다름 아닌 카론의 목소리였다.

"크읏! 감히 죄수 놈 따위가!"

〈넌 그 죄수가 무서워서 부하까지 버리고 튀는 쓰레기고 말이지.〉

"닥쳐엇!"

이죽거리는 카론의 말에 마녀는 일갈했지만 몸은 오히려 뒤로 물러나고 있었다.

그녀는 정말로 두려워하고 있었던 것이다.

카론이라는 존재를 말이다.

"쿨럭쿨럭!"

기침이 토해지며 다시금 핏물이 역류한다.

그리고 순간,

강혁은 카론과 눈이 마주쳤다.

〈호오, 여기까지 잘 왔군. 그런데 왜 그러고 있어?〉

"쿨럭, 큭… 빌어먹을 저주 때문이지요."

희한하게도 차분해져가는 정신에 강혁은 침착하게 상황을 설명했다. 그에 카론은 어이가 없다는 듯이 말했다.

〈아니, 지금 뭐하고 있는 거야? 고작 저런 저급한 저주 따위에 묶여있으라고 일부로 스킬까지 전수해준 줄 알아? 머리를 쓰라고!〉

"!"

순간 강혁은 강렬한 충격이 머리를 치고 지나가는 것을 느꼈다.

경황 중이어서 일부로 스킬창을 열어 확인해보지는 않았었지만 강혁은 분명 카론으로부터 기억과 함께 스킬까지 전수받았었다.

[불사의 기백(유니크)]

-전장의 사신이라 불렸던 남자, 카론의 고유 스킬.

-하루 1회에 한해서 죽음에 이르는 모든 충격을 무효로 돌릴 수 있게 된다.

-시전 하는 즉시, 10초간 불사의 상태가 되어 모든 상태이상이 회복되며 최상의 상태로 몸을 되돌릴 수 있다. 단, 유지시간이 끝났을 때에는 누적된 데미지들이 고스라이 돌

아오게 되니 빠른 회복이 필요하다.

(쿨 타임 1시간)

카론으로부터 전수받은 스킬.

그것은 무려 유니크 등급의 스킬이었다.

'이런 바보 같은!'

스킬의 효과를 떠올린 강혁은 스스로의 멍청함을 비난하며 즉시 스킬을 발동시켰다.

"불사!"

그와 동시에 찌르는 듯한 통증과 마비 증상들이 거짓말처럼 사라졌다.

상처는 여전히 그대로였지만 빠르게 전이되던 피부층의 괴사 역시도 멎어 있었다.

'이거라면!'

강혁은 힘이 솟구치는 것을 느꼈다.

스킬의 유지시간은 고작 10초.

하지만 10초라면 남은 3미터의 거리를 좁히고 지상으로 나아가기에는 충분하고도 남을 시간이었다.

"으아아아!"

강혁은 비명과 같은 소리를 내지르며 위를 향해 빠르게 손을 뻗었다.

"어딜 감히!"

〈그쪽은 나랑 놀자고!〉

마녀가 분노를 표하며 빠르게 접근해왔지만, 카론의 방해로 금세 밀려난다.

이제 남은 것은 고작 1미터 남짓.

강혁은 숨조차 쉬지 않고 연신 손발을 놀렸다.

쿵!

"큭!"

순식간에 맞닿는 천장에 강혁은 일순 머리를 부딪히고는 신음을 머금었다.

그러나 알싸한 고통에도 불구하고 손은 저 혼자 뻗어나가 미세하게 열려있던 벙커형 입구의 손잡이를 움켜쥔다.

지상으로 통하는 마지막 관문.

"으아아아아!"

강혁은 비명과도 같은 포효를 내지르며 있는 힘껏 문을 열어젖혔다. 열려진 문의 틈으로 눈이 부실 정도로 찬란한 빛이 새어 들어온다.

"안 돼에에엣!"

발 아래로 마녀의 절규가 들려왔지만 강혁은 아랑곳하지 않고 사다리를 박차고 열려진 통로를 통해 밖으로 기어올랐다.

〈오래 살아남아라. 애송이.〉

희미하게 귓가로 파고드는 목소리와 함께 찬란한 빛무리에 눈이 머는 것 같은 기분을 느끼며 강혁은 완전히 정신의 끈을 놓고 말았다.

"끄으으…"

스킬이 풀려버린 탓일까?

뒤늦게 찾아드는 통증에 신음하며 강혁은 깊게 신음했다.

마치 유체이탈이라도 한 것처럼 순차적으로 멀어져가는 정신.

점차 회복되어져 가는 시야로 비추어지는 부서진 도시 전경의 실루엣이 망막 속으로 깊게 새겨지는 것을 느끼며 강혁은 스르륵 눈을 감았다.

"……"

그리고 모든 것이 멀어졌다.

❖

"정말이지… 위태위태했구나."

되새겨보니 당시에 느꼈던 감정의 편린들이 선명하게 다가온다.

날카로운 비수처럼 자라나 신경을 건드려오는 감각에 이마를 짚던 강혁은 이내 한숨을 내쉬고는 자리에서 일어났다.

다시 폰을 켜 시간을 확인해보니 새벽 3시에 가까워지고 있는 시간이 보인다.

슬슬 잠에 들지 않으면 다음날의 아침이 고단해질 게 뻔한 시간대.

"끄응."

하지만 여전히 잠은 오질 않는다.

오히려 더 또렷하게 깨어난 느낌이었다.

'일단은 상태창 확인이나 해둘까?'

이번의 시나리오로 들어서면서 강혁은 현실 쪽의 스텟이 지옥 쪽과도 공유된다는 것을 확인한 바가 있었다.

그 말은 곧 저쪽에서 생겨난 변화가 이쪽에서 영향을 미칠지도 모른다는 뜻이니까.

"그럼 어디…."

강혁은 곧장 상태창을 켰다.

그리고 다음 순간.

"…에엥?"

상태창을 읽어 내려가던 그의 얼굴로 황당한 신음이 겹쳤다.

[상태창]

이름: 강혁

종족: 인간

직업: 배우(무명)

스킬: [냉철한 판단력(패시브)], [연예인 포스(패시브)],
[시선집중(액티브)], [염력(액티브-생존)]

〈스테이터스〉

근력: 11

체력: 9

순발력: 10

정신력: 10

카리스마: 15(+2)

상태창으로 생각지도 못한 글귀가 새롭게 새겨져 있었기
때문이었다.

"…진짜냐?"

그것은 다름 아닌 염력 스킬이었다.

지옥 쪽에서 랜덤 스킬 북을 까서 얻은 스킬이며, 명백히
저쪽의 상태창으로 기록되어졌던 스킬.

그것이 현실의 상태창으로 모습을 드러낸 것이다.

[염력(레어) – LV.1(32.84%)]

-의식이 닿는 곳의 공간으로 무형의 힘을 행사할 수 있다.

-스킬의 레벨이 오를수록 위력이 더 강해집니다.

(최대 5미터 반경으로 힘을 행사할 수 있으며, 최대 1.5KG이하의 무게를 들어 올릴 수 있습니다.)

눌러서 확인해본 스킬의 정보는 강혁이 익히 알고 있던 그대로의 것이었다.

다만 달라진 점이 있다면 스킬의 레벨 옆으로 경험치로 보이는 퍼센트 수치가 생겨나 있다는 점이었으며, 스킬 설명의 밑으로 붉은색의 경고문이 빛나고 있다는 점이었다.

-레어 등급 이상의 스킬은 현실에서도 사용할 수 있습니다. 단, 현실에서 사용할 경우 패널티를 받아 그 위력이 50%감소하게 됩니다.

(레어 등급 이상의 스킬이라고 해도, 그것이 타인으로부터 공유 받은 스킬일 경우는 사용할 수 없습니다.)

현 상황에 대한 것들이 일목요연하게 나와 있는 경고문.

강혁은 벙 찐 표정을 짓고 말았다.

하지만 이내 바보 같은 얼굴의 위로 흥분이 스친다.

"염력이라니!"

그 말은 곧 현실에서도 초능력과도 같은 힘을 사용할 수 있다는 뜻이 아닌가!

물론 기존 능력치의 절반 수준이면 기껏해야 2~3미터 정도의 범위에 감당할 수 있는 무게도 700g정도에 불과하지만, 중요한 건 현실에서도 능력을 사용할 수 있다는 점이었다.

'그렇다면…!'

강혁은 즉시 테이블 위로 굴러다니고 있던 볼펜을 향해 의념을 집중했다.

그러자 둥실 하고 떠오르는 볼펜.

그것을 움직여 이기어검을 사용하는 무림의 고수라도 된 것처럼 현란하게 몸 주변을 돌아다니도록 만들던 강혁은 이내 쾌재를 부르며 염력을 거두었다.

"된다! 진짜 돼!"

힘이 사라진 볼펜은 볼품없이 떨어져 내려 나뒹굴다가 결국 소파 아래로 말려들어가고 말았지만, 그런 건 아무래도 상관이 없다고 생각했다.

'이걸로 뭘 할 수 있을까?'

강혁의 머릿속으로 수많은 생각들이 스쳤다.

대개가 염력의 힘을 사용하여 만화에나 나올 법한 슈퍼히어로가 된 상상들.

지금 가진 능력으로는 어림도 없을뿐더러, 향후 스킬이 발전한다고 해도 50퍼센트의 패널티를 안고 있는 이상은 역시 무리일 것 같았지만, 강혁은 한동안 계속해서 쓸데없는 망상에 빠져들었다.

창밖의 하늘이 어둠을 지나 파란 새벽의 공기로 물드는 시간이 될 때까지 말이다.

"아… 결국 밤 샜네."

아침 일찍 LA한인 타운의 교민 라디오 방송에 출연하기로 되어있었기에 이제는 자기도 애매한 시간대였다.

"오늘 하루는 꽤 피곤하겠어."

뒤늦게 후회가 차올랐지만 강혁은 그대로 나름 소득은 있었다고 생각했다.

밤새 망상하며 염력을 계속해서 사용했던 탓인지 스킬의 레벨 경험치가 미세하게나마 상승해있었던 것이다.

현재 염력 LV.1의 경험치는 33.47%.

이전의 경험치로부터 불과 0.63%만이 상승한 수치였다.

"으으… 역시 피곤하구만."

고단한 하루의 일과를 끝마치고 돌아온 강혁은 눈에 띠게 수척해진 얼굴로 소파에 드러누웠다.

역시 직접 운전을 하고 돌아다니며 LA도심지의 살인적인 트래픽을 지나 일정을 완수하는 것은 그리 쉽지 않은 일이었기 때문이었다.

'사실을 말하자면 계속해서 염력을 연마한 탓인지도 모르겠지만.'

교민 라디오에 게스트로 참석하여 인터뷰를 나누고, 지역 방송에만 송출되는 가구 광고를 찍고 난 뒤, 밥을 먹고 시간을 때우다가 오후부터 데드문의 9회분을 촬영하는 바쁘기 그지없는 일정.

강혁은 그 하루 동안 틈만 나면 몰래 볼펜이나 종이 따위를 움직여가며 염력을 연마했다.

스킬 설명에 별다른 소모 값이 적혀있지 않기 때문에 무한으로 사용할 수 있는 '혜자' 스킬이 아닌가 싶기도 했지만, 역시 공짜는 없었다.

스킬의 운용시간이 길어지자 두통이 지끈지끈 생겨난다 싶더니 급격히 피곤해지며 눈두덩이 무거워져왔기 때문이었다.

'…그리고 보면 저쪽에서도 좀 무리했을 때는 머리가 오지게 아팠었지.'

뒤늦게야 염력 스킬의 소모 값이 정신력이라는 것을 깨달은 강혁이었지만, 그럼에도 불구하고 그는 염력을 단련하는 것을 멈추지 않았다.

그것은 아마도 초심자의 객기일 것이었다.

"으으, 머리야!"

결국에는 이렇게 후회의 곡소리를 내게 되니까 말이다.

소파에 드러누워 머리를 감싸 쥔 채로 강혁은 한동안 끙끙대며 뭉그적거렸다.

그렇게 약 30분 정도가 지났을까?

"……"

슬슬 어둠이 내리기 시작한 밖의 영향을 받아 덩달아 어두워지기 시작한 거실의 소파에 애처롭게 드러누운 채로 강혁은 저도 모르게 한숨을 내쉬었다.

휑하게 비어있는 집안의 공기가 새삼스럽게 외로운 느낌으로서 다가왔기 때문이었다.

물론 그렇다고 해서 그가 우울증 따위를 앓는다든가 하는 일이 생길 리는 없었지만, 조금 기분이 처지는 것은 사실이었다.

원래 사람이란 힘들 때일수록 더더욱 온기를 그리게 되는 법이 아니겠는가.

"…아, 형 보고 싶네."

무심코 진심을 털어놓으며 강혁은 그대로 눈을 감았다.

다행히도 내일은 스케줄이 없으니 늦은 밤까지 깨어있어도 괜찮았지만, 오늘은 왠지 좋아하는 게임조차도 즐기고 싶은 기분이 들지 않았다.

'으음… 자려면 방에 들어가서 자야할 텐데…….'

딱히 누가 말리는 것도 아닌데 굳이 피로를 감소하며 소
파에 누워 잘 필요는 없었다.

"끄응…!"

그러나 몸이 마음대로 움직여주질 않는다.

마치 물먹은 솜이라도 된 것처럼 무겁게 축축 늘어진 몸
의 상태에 결국 강혁은 포기하고 모든 힘을 놓아버렸다.

그리고 어느 순간. 강혁은 스르륵 하고 의식의 심연 속으
로 잠겨들고 말았다.

"쿨… 쿠울…."

그날 밤. 강혁은 오랜만에 악몽에 시달렸다.

❖

"…젠장."

습관처럼 욕설을 머금으며 눈을 뜬 강혁은 식은땀으로
축축하게 젖어든 등짝의 상태를 느끼며 한숨을 내쉬었다.

지옥에 다녀온 지 불과 하루도 지나지 않아서 악몽에 시
달리다니 곤욕도 이런 곤욕이 없다는 생각이 들었기 때문
이었다.

더 짜증이 나는 점은 등이 축축이 젖을 만큼 무서운 공포
에 시달렸음에도 불구하고 꿈의 내용은 전혀 기억이 나질

않는다는 점이었다.

"후, 짜증나네."

'뭐, 반쯤은 내가 자초한 거긴 하지만……'

불평과 성찰을 동시에 하며 소파를 벗어난 강혁은 그대로 부엌으로 가 냉장고를 열고 캔 콜라를 꺼냈다.

그리고는 즉시, 탄산의 따가운 희열의 세계로 빠져들기 위해 손을 뻗어가려던 순간이었다.

"…음?"

부엌의 안쪽으로부터 느껴지는 인기척.

동시에 무언가가 고소하면서도 달콤한 향기도 풍겨져온다.

강혁에게 있어서는 익숙하기 그지없는 냄새.

'…설마!'

강혁은 캔을 따는 것도 잊고 즉시 부엌의 안쪽으로 향했다.

그리고… 조리대에 서있는 남자를 본 순간!

"형!"

강혁은 자신도 모르게 들뜬 목소리로 외치고 말았다.

그런 그의 반응에 남자의 몸이 돌아선다.

입가로 희미한 미소를 머금은 남자. 종욱은 앞치마에 뒤집개를 든 채로 반갑게 인사를 건네어왔다.

"잘 잤어?"

❖

    종욱이 돌아온 지도 어느새 한 달 가량이 지났다.

    그동안 강혁은 정신없는 시간을 보내야만 했다.

    지난번 교민 라디오에 출연한 것이 의외로 큰 영향을 미친 것인지 한인들의 위주로 빠르게 팬의 숫자가 늘어 가는가 싶더니 급기야는 그 숫자가 10만을 넘어섰기 때문이었다.

    〈팬의 숫자〉: 현재 156821명

    〈인지도〉: 확고한 팬덤이 형성되고 있는 상태. 이제는 어딜 가서 연예인이라며 명함을 내밀 정도의 수준은 되었다.

    이것이 현재의 팬의 숫자와 인지도의 상태였다.

    인지도의 평가 메시지는 뭔가 상당히 얄미웠지만 어쨌든 강혁의 입지는 이전에 비해 확연히 나아진 상태였다.

    '팬의 숫자는 지금도 계속해서 오르고 있는 중이고 말이지.'

    드라마 데드문의 4화분 마지막 장면에서 사냥광 살인마 제프의 등장 떡밥이 투척되었기 때문이었다.

    그리고,

[하이컬러팬티]: 와! 드디어 나오는 구나! 예고편만 봐도 포스가 장난이 아니던데… 저러다 혼자서 무쌍 찍는 거 아니냐? ㅋㅋ

[좀비스]: 나도 완전 기대됨! 그래서 난 큰맘 먹고 70인치 홈시어터 시스템 질렀다!

[판다도그]: 에이~ 아직 뜨지도 않았는데 설레발은 치지 말죠. 막상 열어보면 예고편이 전부일 수도 있잖아요.

ㄴ[오덕군자]: 님. 팬티나 갈아입고 오시죠.

ㄴ[판다도그]: 사실 벌써 기저귀 찼음 ㅋㅋ

이게 지난주인 5화분의 방송이 나가고 난 뒤에 데드문의 공식 게시판에 올라왔던 사람들의 반응.

물론 대놓고 비꼬거나 악플을 남기는 이도 있었지만 그들은 극히 일부에 불과할 뿐이었으며, 금세 집중공격을 받아 묻히기 일쑤였다.

배우 강혁은 이제 막 개화하기 시작한 수준이었지만, 드라마 데드문은 이제 폭발적인 인기와 함께 강력한 팬덤을 구축하고 있었기 때문이었다.

지난번에 집계한 조사에 따르면 최신편인 5화분에서 시청자수가 벌써 1500만을 넘긴 상태였다.

가장 대표적인 좀비 드라마로 알려진 워킹 데드가 전 시즌을 통틀어 최고 시청자 수가 1827만이었으며, 평균치를 내보면 1300만 정도에 불과했다는 점을 떠올려보면 상당히 고무적인 수치였다.

그 워킹데드조차도 1시즌에는 600만 명 정도로 마무리 지어졌기 때문이었다.

근데 고작 1시즌. 그것도 이제 겨우 중반쯤이라고 할 수 있는 5화분 만에 1500만을 넘기다니…….

만약 이대로 순조롭게 시즌이 마무리 지어지고, 본격적인 이야기가 진행될 2시즌이 시작되면, 대체 몇 명의 시청자가 유입될지 짐작조차 할 수 없는 수준의 인기였다.

그만큼이나 대단한 관심과 기대를 받고 있는 드라마이니 어지간한 분탕종자들은 팬들의 선에서 해결되는 것이다.

'오늘이 지나면 팬덤은 더 불타오를지도 모르겠군.'

사람들이 많은 기대를 머금고 있는 오늘은 사냥꾼 살인마 제프가 등장하는, 대망의 6화분이 방영되는 날이었다.

들리는 말에 따르면 방영시간에 맞춰서 커플 혹은 친구끼리 모여서 상영회를 여는 분위기가 빠르게 번져가고 있다나?

아무튼, 그런 기대 때문에라도 강혁은 바쁜 일정을 보낼 수밖에 없었다.

온갖 곳에서 광고나 배역 제의가 물밀 듯이 밀려왔기 때문이었다.

물론 강혁 역시도 불과 몇 주 전에 비해서는 입지가 많이 달라졌기 때문에 들어오는 거라고 무조건 다 받아들이지는 않았다.

하지만 그럼에도 강혁은 지난 한 달간 정신없이 바쁜 일상을 보내야만 했다.

'특히나 지난 한 주 동안은 거의 잘 시간조차 없었지.'

페이가 터무니없이 약하거나, 이미지에 악영향을 끼칠 것 같은 건들은 제쳐놓고도 그 토록이나 바빴던 것이다.

가능하면 인지도 상승에 좋은 광고나 배역들을 모두 챙기려고 하다 보니 지난주는 부득이하게 잘 시간조차 없이 빡빡한 일정을 보내야만 했다.

하지만 강혁은 그런 고생들조차도 즐겼다.

'내가 언제 또 이렇게 바빠 보겠어?'

정신없이 바쁜 시간들이 그 토록이나 꿈꿔오던 스타로써의 삶에 한걸음 더 다가서게 된 것만 같은 기분이 들도록 했기 때문이었다.

고되긴 하지만 그야말로 보람찬 시간들이었다. 고생이야 어쨌든 모든 일이 순조롭게 풀려가고 있지 않은가.

이대로라면 생각보다 빠른 시일 안에 헐리우드 스타라는 명칭을 붙일 수 있게 될지도 모를 일이었다.

무엇하나 걱정할 것이 없는 행보.

그러나 강혁은 최근 들어서 고민이 생기고 있었다.

'다 좋은데 말이지….'

연기에 대한 고민이나, 배우로써의 일에 관련된 고민은 아니었다.

"어? 왔어?"

오는 줄도 모르고 있다가 먼저 차문을 열고 들어서자 화들짝 놀라며 반응해오는 종욱. 동시에 손에 쥐고 있던 폰을 의식적으로 뒤집어 내린다.

언뜻 보기에는 자연스럽기 그지없는 모습.

잠시 딴 짓을 하다가 자연스럽게 의식을 전환시킨 듯한 모습이었다.

하지만 강혁은 그의 행동에서 강렬한 위화감을 느꼈다.

물도 없이 고구마를 먹었을 때처럼 답답한 느낌이 드는 기색이 은연중에 전해져 오고 있었기 때문이었다.

'…역시 뭔가 숨기고 있어!'

강혁의 고민은 다름 아닌 종욱에 대한 것이었다.

일 때문에 한국으로 갔다가 예정보다 일찍 복귀 하고나서 지난 한 달간, 종욱은 계속해서 이상한 모습을 보이고 있었다.

업무적인 능력이라면야 여전히 믿음직스러웠으며, 강혁을 대하는 태도 역시도 이전과 크게 달라진 바가 없었지만 은연중에 이질감을 드러내고는 하는 것이다.

'혼자 멍하게 있는 시간이 많다거나, 폰을 들여다보고

있다가 내가 오면 감추려고 한다거나.'

뭔가 고민이라도 있는 거면 말해주기라도 하면 좋을 텐데 말이지.

넌지시 물어봐도 종욱은 그저 아무것도 아니라는 말과 함께 어색한 웃음으로 넘길 뿐이었다.

확실히, 그는 분명 이전과는 달라진 상태였다.

'이제는 진심이 잘 느껴지지 않으니까.'

이전의 그가 정말 진심으로 해나가는 동료의 느낌이 들었다면, 지금의 그는 그저 계약으로 묶여진 관계의 사람이라는 느낌만이 들 뿐이었다.

가면을 뒤집어 쓴 채 서로를 대하는 그런 가식적인 관계 말이다.

"오늘 스케줄은 더 없지?"

"어. 방금 걸로 끝이다."

"그래."

그 말을 끝으로 새로 산 랜드로버 SUV차량의 내부로 침묵이 내려앉는다.

이것이 최근 들어 강혁과 종욱 간에 오가는 분위기.

처음 소개팅 자리에서 만난 남녀처럼 어색하기 그지없는 분위기다.

"……."

대화가 끊기자 잠시 머뭇거리던 종욱이 능숙하게 차의

시동을 걸고 기어를 조작하기 시작한다.

그리고,

바로 그때였다.

"저기…."

"응?"

물 흐르듯이 차를 운전해가며 돌연 종욱이 입을 열었다.

"혹시 말이야."

"응? 뭔데?"

강혁은 창가 쪽으로 향하던 시선을 종욱에게로 향했다.

그러자 운전대를 잡은 채 복잡한 표정을 떠올리고 있는 종욱의 옆얼굴이 보인다.

종욱은 몇 번의 망설임 끝에 겨우 다시 말을 이었다.

"그러니까 혹시 만약에 말이야."

"그러니까 만약에 뭐?"

"만약 네가 누군가에게 거부할 수 없는 제안을 받았다면 너는 어떻게 할래?"

무언가 묘하게 애처로운 느낌이 드는 질문이었다.

강혁은 잠시 생각하는 듯 하다가 곧 답했다.

"어떻게 하긴. 거부할 수 없는 거라며? 그럼 받아야지. 눈앞에 온 기회도 못 잡아서야 등신 소리 밖에 더 듣겠어?"

"…그게 설령 남에게 피해를 주는 길이라고 해도?"

아, 그런 거였나.

방금의 그걸로 강혁은 대강이나마 짐작해낼 수 있었다.
현재 종욱이 처해있는 문제에 대해서 말이다.

그는 지금 기회와 양심 사이에서 고뇌하고 있는 것이었다.

'그리고 그 고민의 대상은 분명히 나겠지.'

잠시 고민하던 강혁은 이내 종욱을 똑바로 쳐다보며 말했다.

톱스타의 킬링 필드

hell is coming

chapter 5. 이제 누가 갑이지?

Hell is coming

chapter 5. 이제 누가 갑이지?

"나라면…"

때마침 들어선 신호에 차가 멈춘다.

횡단보도를 따라 사람들이 길을 건너기 시작하는 모습과 함께 강혁의 말이 이어졌다.

"나라면 우선 물어보겠어."

"응? 물어본다고?"

"그 남이라는 사람이 형을 어떻게 생각하고 있는지는 모르는 거잖아. 그러니까 나라면 물어볼 거야."

"그게 무슨…."

전혀 모르겠다는 표정을 지어보이는 종욱의 반응에 강혁

은 피식 웃으며 다시 말했다.

"내가 똥을 싸도 좀 치워줄 수 있느냐고 일단 물어볼 거라고. 혹시 알아? 그 정도는 괜찮다며 나서줄지?"

"그런…."

종욱은 순간 말문이 막힌 듯 입을 다물었다.

그도 이쯤 되면 알아챘을 것이기 때문이었다.

'내가 눈치를 깠다는 걸 말이지.'

여전히 심각한 표정을 지우지 못하는 종욱의 모습에 강혁은 쐐기를 박듯 말했다.

"형. 고민 있으면 그냥 말해. 내가 피해를 보는 한이 있더라도 어지간한 건 감수할 용의가 있으니까."

"아… 그게……."

강혁은 웃으며 말했다.

"일단은 출발부터 하라고. 신호 바뀌었어."

"어! 알았다."

기어를 잡은 손이 유려하게 움직이며 다시금 차가 미끄러지듯 나아가기 시작했다.

❖

"일이 그렇게 된 거구나."

"그래… 미안하다."

집에서 가까운 태국식 요리점으로 들어간 두 사람은 요리가 나오고 식사를 마치는 동안 많은 이야기들을 나누었다.

종욱 혼자만이 속에서 썩이고 있던 고민에 대한 것을 허심탄회하게 의논하기 시작한 것이다.

그리고….

모든 전말을 들은 강혁은 이를 갈 수밖에 없었다.

'…그 빌어먹을 아줌마가 말이지.'

종욱을 괴롭게 만든 고민의 원흉은 강혁 본인이 잘못 지나쳐왔던 과거의 잔재였다.

이미숙.

스타 엔터테인먼트의 사장이기도 한 그녀가 은밀히 종욱을 불러 명령을 내렸던 것이다.

강혁을 어떻게든 한국으로 불러들이라고 말이다.

드라마 데드문이 한국에도 동시에 방영되게 되면서 강혁의 인지도가 서서히 오르기 시작했기 때문이었다.

북미 전역을 달아오르게 만들고 있는 좀비 드라마의 매력적인 살인마 캐릭터를 한국계 미국인도 아니고 순수 한국인 배우가 맡았다.

단지 그것만으로도 이미 이슈화가 되고 있는 상태.

물론 그것은 어디까지나 미드를 챙겨보는 팬들 사이에서나의 이야기였으며, 전체적인 규모로 따지자면 신생 아이돌

그룹보다도 못한 수준이었지만 그럼에도 무시할 수 있는 수준은 아니었다.

강혁이라는 이름이 디에스나 카오스 등의 유명 커뮤니티 사이트들을 통해 빠르게 번져나가고 있었기 때문이다.

그토록 핫한 상황이니 강혁의 이름이 엔터테인먼트 관계자들의 귀에도 들어가게 된 것은 당연한 일이었다.

보고를 통해 강혁의 존재를 알게 된 이미숙은 놀랄 수밖에 없었다.

그녀의 입장에서 강혁은 한때 데리고 놀다가 질려서 버린 노리개에 불과했으니까.

그래서 그녀는 곧장 손을 쓰기 시작했다.

딱히 건드릴 것도 없이 이미 강혁은 계약서까지 쓴 스타엔터 소속의 배우였지만, 그것은 어디까지나 보여주기 식의 단기 계약서에 불과했기 때문이었다.

연습생 수준의 대우를 받으며 아무런 지원도 받지 못한 강혁이 조르고 졸라서 겨우 얻어낸 적선과도 같은 계약서였던 것이다.

불과 1년뿐이라고는 해도 벌어들이는 수익의 무려 90퍼센트가 회사의 몫으로 정산되도록 되어있는 말도 안 되는 내용의 노예 계약서.

누가 봐도 말이 안 되는 내용이었지만 강혁은 곧장 사인을 했었다. 당시의 그는 스타가 되고 싶다는 욕망에 거의 반쯤은 미쳐있었기 때문이었다.

'그때의 실수가 이렇게 돌아오게 되다니……'

사실 반쯤은 까먹고 있었지만, 소속사와 계약서에 대한 것을 완벽하게 잊고 있었던 것은 아니었다.

다만, 계약서의 내용 자체가 '스타 엔터테인먼트 지원'을 받아 진행된 모든 일의 수익에 대한 부분의 분배라고 명시하고 있었고, 그 기한도 이제 얼마 남지 않았기에 가볍게 생각했던 것뿐이었다.

사혁의 기억을 받아들여 새롭게 태어났던 시점부터 이미 계약기간은 3달 정도 밖에는 남지 않은 상태였으며, 그게 지금에 와서는 이제 1달도 남지 않은 상태였으니까.

'아마 그래서 더 몸이 달았겠지.'

과거의 관계야 어쨌든 이미숙은 강혁을 이대로 놓쳐버릴 생각이 없었다.

단지 과거의 감정들 따위에 휘둘려서 장차 황금알을 낳는 거위가 될 수도 있는 그를 놓아줄 만큼 그녀는 멍청하지 않았던 것이다.

세계 시장을 목표로 야심차게 준비하고 있는 다국적 걸 그룹 '홀리엔젤'의 관리 및 훈련을 위해 지원을 나갔던 종욱은 갑자기 사장실로 불려가 이미숙과의 독대를 해야만 했다.

그리고는 제안을 받게 된 것이다.

'욕망 혹은 양심.'

이미숙이 종욱에게 지시한 것은 무척이나 간단한 것이었다.

[강혁을 어떻게든 다독여서 한국으로 들어오게 할 것.]

아마도 그녀는 일단 들어오게만 하면 이리저리 꼬드겨서 강혁이 새로운 장기의 계약서를 쓰도록 만들 자신이 있었을 것이었다.

이러니저러니 해도 여성의 몸으로 한국 최고 소속사의 사장이 된 몸이니까.

하지만… 그것도 일단은 돌아오게 만들어야지 시도라도 해볼 것이 아닌가.

해서 그녀는 또 다른 카드 하나를 종욱에게 들려 보냈다.

광고 건을 가장해서 강혁을 옭아맬 '가짜' 계약서를 보냈던 것이다.

겉보기에는 아무 것도 써져 있지 않은 빈 종이처럼 보이지만 실상은 계약과 관련된 내용들이 빼곡하게 적혀진 일종의 마술 용지였다.

그것은 말 그대로 사기였지만 이미숙에게는 아무래도 상관없는 문제였을 것이었다.

스타 엔터의 힘이라면 이제 겨우 뜨기 시작한 신생 배우 정도를 밟아버리는 건 일도 아니었으며, 설령 그게 아니더

라도 법정과 관련된 부분으로 연관이 되기 시작하면 강혁의
활동에 제약을 줄 수 있기 때문이었다.

용지에 사인을 하고 지장을 찍는 순간 강혁은 어떤 방식
으로든 이미숙의 흉계에 얽혀들게 될 수밖에 없었다.

제안을 받았던 종욱은 강하게 반발하며 거절했지만 다음
에 이어진 그녀의 말에는 입을 다물 수밖에 없었다.

'이번 일만 끝마치면 네 팀 하나 만들어 줄게.'

그것은 공명심에 대한 것이었다.

일에만 매달리다가 아내가 떠나고, 딸 역시도 사고로 죽
고 난 뒤 많이 순화되긴 했지만 본래 종욱은 일 중독자였
다.

올곧은 성격 탓에 여러모로 밉보이고 다니면서도 자신이
맡은 일에 몰두하고 그곳에서 커가는 자신의 직위에 대한
강한 열망이 있는 사내였던 것이다.

물론 종욱은 거절했지만 협박과 회유를 섞은 이미숙의
거듭된 제안에는 결국 넘어갈 수밖에 없었다.

'참 교묘하다니까.'

거절할 시에는 10년이나 몸을 담아왔던 직장으로부터 완
전히 해고시켜버리겠다면서 협박을 하고, 그릇된 일의 죄
책감에 대해서는 그것이 더 나은 미래를 위한 선택이라며
현혹한다.

'…정말이지 듣기에는 좋지.'

종욱은 새롭게 만들어질 팀의 팀장이 되고, 강혁은 그 팀에 소속되어 회사의 전폭적인 지지를 받으며 더 크게 성장한다.

이 얼마나 아름다운 시나리오란 말인가!

그야말로 누이 좋고 매부 좋고 가재도 잡고 도랑도 칠 수 있을 것 같은 기적적인 이야기였다.

'불과 1년 전이었다면 말이지.'

예전의 강혁과 지금의 그는 다르다.

누구의 지원도 받지 않고 단지 종욱의 수완에만 기대어 지금의 위치까지 온 것이었다.

말하자면 이미 '규격 외의 존재'에 가까워진 상태.

아직까지 대단한 스타라고 불릴 정도는 아니었지만, 이미 강혁이 지난 2달간 벌어들인 수익은 억대를 넘어가고 있었다.

지금의 분위기로 보자면 앞으로 시간이 지나면 지날수록 인기는 더욱더 커질 것이며 수익 역시도 기하급수적으로 늘어나게 될 터.

한마디로 강혁은 이제 소속사의 도움 따위가 전혀 필요하지 않은 존재라는 뜻이었다.

"……."

고개를 들어서 앞을 쳐다보니 죄인이라도 된 것 같은 표정으로 시선을 떨구고 있는 종욱의 모습이 보인다.

잠시 고민하던 강혁은 손가락을 들어 테이블 위를 톡톡 두드리다가 이내 선언하듯 말했다.

"형."

"…어?"

"가자."

"엉? 어딜?"

바보 같은 표정으로 되물어오는 종욱.

강혁은 다시금 말했다.

"가자고. 한국."

"뭐? 너 설마 진짜로……."

기겁하는 종욱의 반응에 강혁의 얼굴로 장난스러운 표정이 깃든다. 그리고는 이내 입 꼬리가 스산하게 말려 올라가는 것이다.

"실은 나도 그 여자한테는 갚아줄게 있거든."

종욱과의 진솔한 대화가 있었던 날 이후.

강혁은 여느 때보다 더 열심히 일에 매진했다.

최소한 2주안에 한국으로 내려가려면 하드워크를 할 필요가 있었기 때문이었다.

드라마의 반응에 따라 일은 계속해서 들어오는 중이었

지만 종욱의 선에서 적절히 잘 커트하고 조절해주고 있었기 때문에 강혁은 일에만 집중하면 되었다.

그렇게 8일이 지난 화요일 저녁.

강혁은 드디어 모든 일을 끝마치고 한국행의 비행기에 탑승할 수 있었다.

제프 하몬이 등장하는 마지막 장면인 9화분의 촬영을 드디어 끝마칠 수 있었기 때문이었다.

7화분에서 주인공 일행과 합류하게 되어 적도 아군도 아닌 묘한 동행을 하던 제프 하몬은 9화에 들어서서 사소한 계기들을 통해 주인공 일행의 일부와 소통하게 된다.

하지만 그것도 잠시.

모두는 다른 생존자 무리가 파놓은 함정에 빠져서 절체절명의 위기에 빠지고, 그를 이끌어주던 열쇠와도 같은 역할을 하던 창녀 멜리사는 가장 먼저 좀비에게 물리고 만다.

절망적인 상황.

바로 그때, 아무런 징조도 없이 제프 하몬의 도끼가 휘둘러졌다.

일말의 망설임도 없이 멜리사의 목을 날려버린 것이다.

일행은 모두 경악했지만 거기에 대해 따지거나 할 틈은 없었다. 그러는 순간에도 좀비들의 무리는 탐욕스럽게 몰려들고 있었으니까.

어쩌면 그 순간 제프는 가장 옳은 선택을 한 것인지도 몰랐다.

가뜩이나 위험한 상황 속에서 일행 중에 누군가가 좀비로 변하기라도 하면 더 이상 버티지 못한 채 무너지고 말았을 것이었다.

그러나 그대로 버틴다고 해서 달라질 것은 없었다.

처절하게 버티면서 막아내고 있긴 했지만 아무리 죽여도 좀비들의 숫자는 줄어들 것처럼 보이지 않았기 때문이었다.

제프가 다시 움직이기 시작한 것은 그쯤이었다.

홀로 뛰쳐나간 그가 마치 분쇄기라도 된 것처럼 좀비들을 뚫어내며 파고들기 시작한 것이다.

그렇게 달려든 제프는 결국 건너편에 있던 발전기의 스위치를 가동시켰고, 덕분에 한산해진 일행들은 무사히 복도 끝에 있던 엘리베이터에 탑승할 수 있었다.

마치 희생으로도 보이는 제프의 행동에 엠마는 그를 기다려야 한다며 설득했지만, 은연중 일행의 리더를 맡고 있던 카인은 과감히 스위치를 눌러 엘리베이터를 가동시켰다.

믿을 수 없는 쾌거를 이루고도 여전히 살아서 좀비들과 싸우고 있는 그를 냉정하게 버린 것이다.

당연한 선택이었다.

엠마를 제외한 나머지의 일행들에게 있어 제프는 언제든지 자신들에게 칼을 들이댈지 모르는 미치광이 살인마에 불과했으니까.

카인을 비롯한 일행들 모두의 동조 하에 제프는 버려졌고, 그 일로 엠마와 카인의 사이에는 작은 갈등의 불씨가 심어지게 된다.

홀로 남겨진 제프는 엘리베이터를 타고 멀어지는 일행의 모습을 보며 기괴하게 웃는다.

그런 그에게로 몰려드는 좀비들.

이내 제프는 광소를 터뜨리며 선두에 있던 좀비의 머리통을 날려버린다. 그리고 그런 그에게도 사방에서 좀비들이 짓쳐 들었다.

거기까지가 데드문의 1시즌에서 강혁이 등장하는 마지막 장면이었다.

다음화인 10화에서 일행들은 계속해서 위기를 겪지만 결국에는 모든 위기를 떨쳐내고 빌딩의 옥상까지 도달하게 된다.

엠마는 헬기 조종 자격증이 있었으며, 빌딩의 옥상에는 헬기가 있었기 때문이었다.

우여곡절 끝에 헬기 앞에 도달한 일행은 무사히 헬기에 탑승해 건물을 뜨게 된다.

막아놓은 문을 부수며 뒤늦게 좀비들이 옥상으로 몰려들

었지만 그들이 할 수 있는 것은 허공으로 손을 들며 울부짖는 것뿐이었다.

시즌의 마지막으로는 그야말로 통쾌한 마무리.

하지만 안타깝게도 장면은 거기에서 끝이 나지 않는다.

헬기가 빌딩을 떠나 무사히 도심지의 밖을 향해 날아가고, 일행들의 긴장도 하나둘씩 풀려가는 순간, 콰앙! 하는 소리와 함께 무언가가 날아들어 헬기의 꼬리 부분을 박살냈기 때문이었다.

순식간에 균형을 잃은 헬기는 이리저리 흔들리며 가라앉기 시작했고, 추락하는 헬기의 혼란스러운 내부를 비추며 그제야 장면은 끝이 나게 된다.

'기왕이면 마지막 장면은 보고 싶었는데 안타깝게 됐군.'

시나리오상으로 가장 임팩트 있는 장면이었다.

특히나 마지막 장면의 경우는 CG가 아닌 실제 헬기를 사용할 예정이었기 때문에 더더욱 기대가 될 수밖에 없었다.

그런 거라면 스스로의 촬영분이 없더라도 현장에서 직접 구경하고 싶은 용의가 있었다.

하는 김에 감독을 비롯한 촬영진들과의 관계도 더 돈독하게 만들고 말이다.

하지만 강혁은 촬영이 끝나는 즉시 공항으로 향했다.

자정에 가까운 시간으로 떠나는 인천행의 티켓을 미리 끊어놨기 때문이었다.

다들 어디를 그리 가는 건지 공항은 여느 때와 다름없이 붐볐다. 공항 근처에서 종욱과 함께 느긋하게 식사를 하고 시간에 맞게 돌아온 강혁은 무사히 비행기에 탑승할 수 있었다.

자리는 둘 다 평범한 이코노미석.

기왕이면 퍼스트클래스라거나, 하다못해 비즈니스석 정도는 탔으면 더 좋았겠지만 크게 불만은 없었다.

킬러였던 시절에도 그가 탑승했던 비행기는 대부분 이코노미석이었기 때문이었다.

'게다가 요즘은 워낙에 뭔가 잘 되어 있기도 하고.'

비록 자리는 좁지만 최근의 비행기들은 깔끔한데다가 좌석마다 스크린이 있고 그것을 통해 각종 지나간 영화나 예능 및 웃긴 영상 클립 등을 볼 수 있어서 잘만 쓰면 시간가는 줄 모르며 지낼 수 있었다.

-지금부터 인천행. 인천행의 비행기가 출발합니다. 승객들은 모두 안전벨트를 착용하시고 전자기기는 모두 꺼주십시오.

안내음과 함께 비행기의 엔진이 돌아가는 미세한 진동이 전해져온다.

'이제 곧인가.'

스튜어디스의 추가적인 안내에 따라 안전벨트를 매고 창가에 기댄 강혁은 그대로 생각에 잠겨들다가 어느 순간 잠이 들고 말았다.

❖

"으윽, 허리야!"
"엄살은."
무려 14시간 정도의 시간이 지나 인천에 도착한 시간은 새벽 6시가 가까운 시간이었다.
어딘가로 가기도 애매한 시간.
그대로 공항 택시에 탑승한 두 사람은 시내로 가서 곧장 아무 모텔이나 들어가 투숙했다.
비행기 안에서만 족히 10시간은 잔 것 같았지만, 그 이상의 피로가 두 사람의 어깨 위로 덮쳐왔기 때문이었다.

❖

다시 눈을 떴을 때는 어느새 정오가 가까운 시간이었다.
이제부터 스타엔터에 찾아가기에는 썩 나쁘지 않은 시간.
하지만 강혁은 느긋하게 시간을 때우며 오랜만에 마주치는 서울의 거리를 만끽하기 시작했다.

순수한 강혁의 기억으로만 보자면 불과 반년 정도만의 귀환이었지만, 사혁의 입장에서는 아주 오래전의 임무를 제외하고는 무려 10년 만에 밟아보는 고국의 땅이었기 때문이었다.

물론 그렇다고 해서 기억일 뿐인 사혁의 감정에 영향을 받아 가슴이 복받쳐 오른다던가 하는 일은 없었지만, 묘하게 생소한 느낌이 들기는 했다.

"어? 저 사람 혹시……."

"에이~ 설마."

길을 지나며 간간히 강혁을 알아보는 것 같은 사람을 마주치기도 했지만 끝내 말을 걸어오는 사람은 없었다.

뭐, 한국에서 강혁의 입지란 딱 그 정도인 것이었다.

그래도 비행기에서는 스튜어디스한테 무려 번호도 받았는데 말이다.

아무튼, 그렇게 시작된 서울 관광(?)은 저녁때까지 계속해서 이어졌다.

이미 연락은 넣었으니 바로 찾아가도 좋았지만 어차피 몸이 달아오른 것은 그쪽이지 이쪽이 아니었으니까.

'일찍 가봤자 찬밥 신세가 될 뿐이고 말이지.'

뒤에서의 행동이야 어쨌건 사실 이미숙은 꽤나 유능한 인물이었다. 사장임에도 불구하고 열정적으로 움직이며 소속 연예인들을 관리하는데 힘을 쓰기 때문이었다.

바로 그런 모습들 때문에 그녀는 소속 연예인들 사이에서 무척이나 인망이 높은 편이었다.

강혁 역시도 과거에는 그런 그녀의 '겉면'의 모습에 낚여 존경을 했던 적도 있었고 말이다.

'스폰을 하면서 이미지는 다 무너졌지만 말이지.'

생각해보면 애초에 강혁에게 스폰을 제의했다는 것부터 그녀는 그를 배우로써 키워줄 마음이 없었던 것일지도 몰랐다.

적어도 스타 엔터에 소속된 정식 연예인들 중에서 그녀와 연관되어 있거나, 구설수에 휘말렸던 인물은 없었으니까.

"어느 쪽도 마음에 들진 않는군."

왠지 입맛이 씁쓸해져 미간을 찌푸린 강혁은 의미 없이 인터넷 뉴스를 뒤져가던 손가락을 내리고 폰을 덮었다.

동시에,

'굳이 올 필요가 있었던 걸까?'

문득 떠오른 생각이 머리를 스친다.

사실 말 그대로 굳이 그가 한국까지 와서 이미숙의 장단에 놀아날 필요는 없었기 때문이었다.

노예 계약서의 문제는 거의 백퍼센트 승소할 확률이 높았으며, 여론 조작을 해봤자 어차피 한국에서만 그 효과가 미칠 뿐이었다.

굳이 한국 시장을 노리지 않아도 강혁은 이미 북미에서

차근차근 기반을 다져나가고 있는 중이지 않던가.

종욱 역시도 그냥 과감히 사표를 던지고 강혁의 개인 매니저 혹은 에이전트의 역할을 하면 되니 신경 쓸 부분은 아무 것도 없었다.

유일하게 문제가 있다면 법정 문제로 인한 귀찮음 들을 감수해야 한다는 거겠지만, 한국이라면 모를까 미국에서의 활동에 영향을 미칠 가능성은 없었다.

'그럼… 난 대체 무얼 위해 여기까지 온 걸까?'

딱히 얻을 것도, 잃을 것도 없는 일을 위해 14시간이나 되는 시간을 날아서 온 것이다.

잠시 생각에 잠기던 강혁은 새삼스레 다시금 기억을 되새길 수 있었다.

귀찮음과 시간의 낭비를 감수하면서까지 한국으로 찾아온 이유.

그것은 바로,

"확인 때문이지."

확인을 하고 싶었기 때문이었다.

이전의 강혁에게 있어서 이미숙은 애증의 존재인 동시에 두려움의 대상이었으니까.

지금에 와서는 아무런 감정조차 느껴지지 않았지만 트라우마와 같던 과거의 기억과 감정들을 완전히 지워낼 수는 없었다.

그래서….

강혁은 한번 확인해보고 싶었다.

'이제와서 그런 여자 따위에게 휘둘릴 것 같진 않지
만…….'

단지 그런 예측과는 다른 확신이 필요했다.

확신을 위해서는 직접 마주쳐보는 수밖에 없으니까.

'하는 김에 가볍게 복수도 좀 해주고.'

무슨 일을 하던 어설프게 해서는 후에 우환이 되어 돌아
오기 마련이다.

훗날의 귀찮음을 피하기 위해서라도 강혁은 이번에 그녀
와의 만남에서 확실하게 손을 쓸 생각이었다.

'그때에 그 여자의 표정은 어떨려나?'

생각만 해도 기대감이 차오르는 것을 느끼며 강혁은 햄
버거 세트를 들고 복귀한 종욱을 반갑게 맞아주었다.

"괜찮겠어?"

"걱정 마. 그냥 이야기만 하고 올 뿐이니까."

걱정스러운 말을 건네오는 종욱에게 대수롭지 않다는 듯
고개를 끄덕여보이고는 눈앞에 치솟아오른 건물을 올려다
본다.

족히 15층은 되어보이는 높이의 건물.

건물의 3층 정도 되어보이는 높이의 중앙으로는 〈STAR〉 라는 글자가 상징처럼 새겨져 있다.

국내 최대 최고의 소속사인 스타 엔터테인먼트의 사옥.

한때는 강혁 역시도 꿈꾸며 바라왔던 장소였다.

'그리고… 생각보다 많은 더러움이 숨겨져 있는 곳이지.'

오랜만에 마주하게 된 사옥의 모습에 잠시 감회가 새로워졌던 강혁은 이내 종욱을 남겨두고서 [STAR.ent] 라는 글귀가 새겨진 기둥을 지나쳐 입구로 들어섰다.

뭔가 이사진들과 유명 연예인들을 대거 불러서 분위기로 눌러버리지 않을까 하는 예상과는 달리 이미숙이 독대를 하길 원했기 때문이었다.

'아마 따로 생각하는 흉계가 있겠지.'

하지만 다른 생각을 하고 있는 건 강혁 역시도 마찬가지였으므로.

"어떻게 오셨습니까?"

경비원에게 확인을 받고 문을 지나 홀로 들어서자 단정한 복장을 한 안내원 여자가 친절하게 말을 걸어온다.

강혁은 간단히 용무를 말하고는 차분히 기다렸다.

그러자 안내원 여자는 잠시 확인 전화를 하는 것 같더니 이내 친절한 미소를 입가 가득 머금은 채 안내를 해주었다.

"확인되었습니다. 카드를 받으시고 곧장 우측 엘리베이터 최상층으로 가시면 됩니다."

이것이 바로 타 소속사와 스타 엔터의 차이점이었다.

어찌됐건 뭔가 '있어 보이는' 느낌이 들게 만드는 것이다.

'그래서 해고율도 무지막지하게 높지만.'

극진한 대접을 받는 연예인들과는 달리 경비원, 청소원, 안내원 등의 소위 비정규직 인력들은 작은 실수에도 잘리는 경우가 많았다.

그만큼 페이는 좋은 편이라 아는 사람들 사이에서는 은근 꿀 직장으로 통하고 있다고도 하지만… 언제 잘릴지 모르는 직장을 다닌다는 것은 그 자체만으로도 아마 커다란 스트레스이지 않을까?

"뭐, 나랑은 상관없는 이야기지만."

엘리베이터 안에 들어와 버튼들이 늘어선 기판을 보던 강혁은 10층을 기점으로 갈려있는 선과 카드를 꽂을 수 있도록 뚫려진 홈을 쳐다봤다.

1인 기업이라고 해도 과언이 아닐 정도의 위상을 지닌 톱 클래스의 스타나 최소 임원급 이상의 사람들만이 오갈 수 있는 '상위층'으로 향하는 구분점.

제국이라고도 불리는 스타 엔터의 본진에 어울리는 훌륭한 계급 사회로의 증명이었다.

'결국에는 향락을 위한 장소일 뿐이지만.'

11층부터 15층까지 이어진 '상위층'의 공간은 권력자들을 위한 장소이니만큼 아래층과는 차원이 다른 형태로 꾸며진 곳이었다.

회사가 아니라 호텔이라도 된 것처럼 사치스럽고 아늑하게 꾸며져 있는 것이다.

그 때문일까? 상위층의 공간들은 사실 공공연하게 소속 연예인과 권력자들 간의 '거래'가 오가는 장소로 이용되고 있었다.

막 데뷔한 신인부터 한창 주가를 올리고 있는 스타들까지도 자주 오가고는 하는 비리의 온상과도 같은 장소인 것이다.

'더럽지만… 반드시 기회를 쟁취할 수 있는 꿈만 같은 장소. 하지만 나는 그나마도 성공하지 못 했었지.'

여담이지만,

강혁은 사실 이곳에 몇 번이고 와본 적이 있었다.

이미숙과의 만남은 대부분은 호텔에서 이루어졌지만, 가끔씩은 이곳으로 부르곤 했던 것이다.

'16층.'

카드가 있어도 도달할 수 없고, 오로지 사장 전용의 노블레스 카드가 있어야지만 닿을 수 있는 숨겨진 마지막 층수.

그곳은 사실상 회사의 업무와는 전혀 관계가 없는, 순수하게 이미숙 개인의 별장처럼 사용되고 있는 장소였다.

마치 어딘가의 펜트하우스처럼 꾸며져 있는 고급스러운 원룸 형태의 방.

강혁은 그 방에서 이미숙의 노리개가 되어 몇 번이나 굴욕적인 밤을 보내야만 했었다.

"여기로 불렀다는 건… 역시 그거겠지?"

과거의 기억들로 우위를 점하고 내리누르겠다는 것.

웃기지도 않는 시도였지만, 꽤나 효과적인 작전이기도 했다.

과거의 그였다면 분명 제대로 반항의 말도 꺼내보지 못하고 과거의 기억들에 잠식되어 다시 그녀의 노예가 되길 자처하고 말았을 테니까 말이다.

"예전이었다면 말이지."

낮게 혀를 찬 강혁은 지급된 붉은색의 노블레스 카드를 홈으로 밀어 넣었다.

그러자 찰칵- 하는 소리와 함께 기판의 상단이 열리며 〈16〉 이라는 숫자가 새겨진 버튼이 드러난다.

"그럼 어디 한 번 가볼까?"

강혁은 일말의 망설임도 없이 버튼을 눌렀다.

그리고 약간의 부유감과 함께 소리 없이 엘리베이터가 상승하기 시작했다.

띠잉!

청명한 알림음과 함께 엘리베이터의 문이 열린다.

동시에 삐죽 하고 튀어나온 카드를 회수하며 강혁은 방 안으로 들어섰다.

'여긴 전혀 달라지지 않았군.'

정말이지 기억하고 있던 그것과 조금도 달라지지 않은 예전 그대로의 모습이었다.

넓은 거실을 중심으로 여러 가지 가구들이 늘어서있고, 그 중심에는 침대로도 사용할 수 있을 것 같은 커다란 소파 가 비치되어 있다.

한 쪽 면이 통째로 유리로 이루어진 공간은 화려한 야경 을 드리우고 있었으며, 그 아래로는 족히 4명은 들어갈 수 있을 법한 크기의 욕조가 자리하고 있었다.

그리고….

그 모든 것은 중심에는 한 여자가 있었다.

"어머, 왔어?"

언제 무슨 일이 있었냐는 듯 살가운 미소를 건네어 오는 중년의 여인.

50이 넘은 나이에 어울리지 않게 제법 탄력 있는 몸매의 곡선이 훤히 드러나 보이는 시스루 원피스 차림을 한 그녀,

이미숙이었다.

강혁은 역시 대수롭지 않게 웃어 보이며 말문을 열었다.

"오랜만이네요. 아줌마."

대놓고 도발하기 위해 꺼낸 말.

하지만 그녀는 눈썹 하나 까딱하지 않은 채 웃는 낯을 유지하며 말했다.

"호홋, 아줌마라니? 누나라고 불러주지 않을래? 예전처럼."

"그럴 수는 없죠. 나이차만 해도 띠 동갑이 두 번은 지나가잖아요?"

"나이가 중요한가? 관리가 중요하지. 나 정도쯤 되면 30대 중반 정도는 쳐주거든? 후훗."

다시 한 번 공격을 들어가 보았지만 이미숙은 이번에도 대수롭지 않게 반응하며 여유롭게 웃어 보이기까지 했다.

역시나 그녀는 만만치 않은 상대였다.

하지만 강혁은 마찬가지로 대수롭지 않게 웃어 보였다.

'어차피 말장난이나 하자고 온 건 아니니까.'

이미 이미숙의 의도는 차고도 넘칠 만큼 노골적으로 드러난 상태였다. 우선 회유를 해보고 안 되면 그제야 협박 카드를 꺼내어 들겠지.

종욱의 편으로 전해진 가짜 계약서까지도 손에 쥐고 있으니 그녀로써는 꿇릴 게 없을 것이었다.

'그 가짜 계약서도 실은 가짜지만.'

당당한 시선으로 이쪽을 쳐다보며 은근한 유혹의 몸짓까지 취해보이는 이미숙의 모습에 강혁은 입꼬리를 말아 올렸다.

저 당당함이 무너지는 순간 그녀는 과연 어떤 표정을 보여줄까 하는 생각들이 뇌리를 가득 채워왔기 때문이었다.

흥분감이 들 정도로 급격히 차오르는 기대감을 애써 드러내 보이지 않기 위해 노력하며, 강혁은 최대한 느긋한 목소리로 입을 열었다.

"좆이나 까시죠. 할머님."

"…뭐?"

순간 빠직! 하는 효과음이 들리기라도 한 것처럼 이미숙의 미소로 눈에 띄게 커다란 금이 갔다.

설마하니 강혁이 이렇게까지 나올 거라고는 생각지 못했던 모양이었다.

"너… 못 본 사이에 아주 건방져 졌구나?"

이제까지의 여유로움을 지워버리고 표독스러운 얼굴로 추궁해온다.

하지만 강혁은 대수롭지 않게 웃으며 대답했다.

"혼자 있는 동안 제가 꽤 많이 컸거든요."

"아하… 그래서 지금 반항하는 거야?"

"아뇨. 그냥 보여주는 겁니다."

강혁은 여유롭게 걸음을 옮겨 소파로 가서 앉았다.

욕조 앞에 선 채로 기가 막히다는 표정을 짓는 이미숙을 보며 강혁은 여유로운 얼굴로 말을 이었다.

"이제 누가 갑인지에 대해서 말이죠."

"……."

이미숙은 순간 말문이 막혀옴을 느꼈다.

가벼운 스타병 정도에 걸린 녀석인 줄 알았는데 이건 그냥 미친놈이 아닌가!

'좋게 좋게 이야기해서 넘어가려고 했더니……'

10년이 넘는 시간동안 정상의 자리에서 활동해오던 스타들조차도 그녀에게는 함부로 말을 하지 못한다.

그런데 이제 겨우 이름을 좀 알리는 주제에 감히 갑을 논한다고?

'아무래도 이쯤에 눈높이의 차이를 보여줄 필요가 있겠어!'

빠르게 생각을 마무리한 이미숙은 어이가 없다는 듯 고개를 절레절레 흔드는 듯한 제스처를 취하다가 이내 바늘 하나 들어갈 것 같지 않은 차가운 얼굴로 돌변하며 입을 열었다.

마치 어른이 아이를 타이르기라도 하는 듯한 말투로 말이다.

"하아… 혁아. 네가 아직 세상을 잘 모르는 모양인데……."

233

하지만 강혁은 그녀의 말이 끝나기도 전에 듣기 싫다는 듯 손 사레를 치며 말했다.

"그딴 꼰대 말투는 집어치우시죠. 세대차이 느껴지니까."

말꼬리조차 짜르며 말없이 밀어 넣는 팩트 폭력!

"…뭐?"

설교를 늘어놓으려던 이미숙의 얼굴이 다시금 무너지며 얼빠진 표정을 짓는다.

그리고 이내,

"이… 이 건방진 새끼가!"

본성을 드러내고 마는 것이다.

"하하하, 보기 좋네요. 옛날 생각도 좀 나고."

강혁은 피크닉이라도 온 것 마냥 소파에 기대어 앉은 채로 분노에 찬 이미숙을 마음껏 조롱했다.

이제는 확신하게 되었기 때문이다.

과거 그토록이나 무서워했던 그녀의 위세는 그저 허상에 불과했다는 사실을.

"너… 나한테 그딴 식으로 굴고서 무사할 줄 알아?"

결국 할 말이 없어지자 내뱉어지는 협박의 말.

하지만 그런 씨알도 먹히지 않을 허풍이 통할 리는 없었다.

"네. 아마 무사할 걸요? 아마 전~~~혀 좆되지 않을

겁니다. 아줌마한테 좀 깝쳤다고 좆 되어서야 세상 어떻게 살겠습니까?"

"너… 이…."

대놓고 빈정대는 말투에 이미숙은 이제 말을 제대로 잇지도 못한 채 분노에 찬 숨만 거칠게 몰아쉬고 있었다.

그런 그녀의 모습을 보고 있자니 강혁은 좀 더 놀려줄까 하는 생각이 차오르는 것을 느꼈지만 이내 고개를 흔들어 생각을 지워버렸다.

확인 작업도 했으니 사실상 더 이상의 시간을 보내는 것은 그저 낭비 밖에는 되지 않기 때문이었다.

'슬슬 이것도 끝을 내야겠군.'

방침이 결정됨과 동시에 얼굴 가득 띄우고 있던 조롱의 기색을 지워낸다.

그리고는 천천히 소파를 벗어나 일어서며 말하는 것이다.

"아주 좆같죠? 제가 예전에 느꼈던 기분이 그랬습니다. 하지만 이제 와서 뭔가 딱히 대가를 바라는 건 아니에요. 그저 좀 아시라고. 댁들이 버러지처럼 생각하는 사람들도 결국엔 다 똑같은 존재라는 사실을 말이죠."

그 말을 끝으로 강혁은 이미숙에게 천천히 다가가기 시작했다.

일순 바뀌어버린 분위기를 느낀 걸까?

이미숙은 흠칫 하고 놀라며 뒷걸음질을 쳤다. 그러나 금세 맞닿아오는 유리벽의 차가운 감촉에 그녀는 저도 모르게 다급한 표정을 짓고 말았다.

그리고는 이내,

떨리는 목소리로 말하는 것이다.

"자, 잠깐… 너 설마……."

"설마 뭐요? 제가 사장님한테 폭행이라도 가할까봐서요?"

바로 코앞까지 다가서서 묻자 이미숙은 시선조차 마주치지 못한 채 파르르 떠는 모습이었다.

그녀의 두려움이 선명하게 전해져왔다.

'…이렇게 쉬운 걸 말이지.'

그때는 뭣 때문에 이런 여자를 그렇게나 무서워했던 걸까?

과거 자신의 모습들이 새삼스레 한심함으로 다가옴을 느끼며 강혁은 선고하듯 말했다.

"잘 들어요. 이걸로 이제 따로 볼일은 없을 테니까. 앞으로 나흘 남았죠? 그걸 끝으로 계약은 만료입니다. 그러니까 괜히 쓸데없이 숟가락 얹으려고 하지 마시고요. 계약서에 명시된 수익 분배에 대해서 말하고 싶은 거라면…… 그게 통하지 않으리라는 건 아시죠? 애초에 스타 엔터 측에서 저한테 지원이랍시고 해준 것도 딱히 없으니 꿈도 꾸지 마요."

"하, 하지만… 내가 분명히 넌 지원을 받았어!"

"100만원도 안하는 편도 비행기 값이랑 좁아터진 아파트요? 그걸 지원이라고 할 수 있나요? 여기서 말하는 지원이란 '일' 과 관련된 걸 말하는 거잖아요?"

"그렇지만 너는 분명……."

"그만! 잘 알아듣질 못하는 것 같으니 확실하게 말해드리죠. 저와 스타엔터와의 연결점은 이번으로 끝입니다. 종욱이 형도 함께 말이죠."

그 말을 끝으로 강혁은 품속에서 종욱의 사직서가 담긴 봉투를 꺼내어 이미숙의 가슴골 사이로 꽂아 넣었다.

흠칫 하고 놀라면서도 묘하게 상기된 얼굴을 하는 그녀의 반응에 강혁은 코웃음이 나왔지만 미련 없이 물러났다.

"아! 혹시나 해서 말하는 건데… 형한테 받은 가짜 계약서는 기대하지 않는 게 좋아요."

"…뭐?"

그 어느 때보다도 화들짝 놀라며 반문하는 이미숙의 모습에 강혁은 실소를 머금었다.

역시나. 어째 최후통첩을 받으면서도 묘하게 여유가 남아있다 싶더라니…….

지금까지 가짜 계약서 건을 믿고 있었던 모양이다.

강혁은 조롱하듯 웃어주며 말했다.

"못 믿겠으면 계약서 4페이지 끝줄을 한번 보시던가."

그 말을 끝으로 강혁은 곧장 돌아서서 엘리베이터를 향해 걸어가기 시작했다. 그리고 등 뒤로 바쁘게 움직이기 시작하는 이미숙의 기척을 느끼며 강혁은 버튼을 누르고 열려진 문으로 들어섰다.

"아! 이건 이제 필요 없지."

올라갈 때와는 달리 내려갈 때에는 따로 카드를 사용할 필요가 없었다.

주머니 속을 뒤져 황금빛 노블레스 카드를 꺼내어 홀가분하게 엘리베이터 밖으로 던져버린 강혁은 곧장 〈1〉 이라는 숫자가 새겨진 버튼을 눌렀다.

바로 그때였다.

광기에 찬 외침이 들려온 것은.

"아아아악!"

고개를 들어 소리가 들려온 곳을 쳐다보자 계약서 뭉치를 들고서 이쪽을 죽일 듯이 쏘아보고 있는 여인의 모습이 보인다.

"감히! 네 까짓 것들이!"

불같이 화를 내며 분노를 토해내는 이미숙.

하지만 강혁은 웃는 낯을 한 채로 가볍게 손을 흔들어줄 뿐이었다.

"너희들이 이러고도 무사할 줄 알아!? 무사할 줄 아냐고!"

"걱정 마세요. 어차피 따로 한국에서 활동할 마음은 없으니까."

가볍게 읊조리며 강혁은 이제 이미숙으로부터 완전히 관심을 거두었다. 이미 할 말은 다했고, 그녀에게 남은 앙금도 이제는 다 털어버렸기 때문이었다.

"내 말 한마디면 너희들 이 바닥에 발도 못 붙이게 할 수 있어!"

서서히 닫혀져가는 엘리베이터 문의 틈 사이로 이미숙은 악다구니까지 써가며 연신 분노를 토해내고 있었다.

하지만 닿을 곳이 없는 분노는 그저 허공으로 스며져 사라지기만 할 뿐이었다.

"쯧, 추하네."

강혁은 낮게 혀를 차며 고개를 절레절레 흔들었다.

동시에 엘리베이터의 문이 완전하게 닫혔다.

우우웅-

다시 짧은 부유감과 함께 서서히 움직이기 시작하는 엘리베이터.

"……."

멍하니 서서 점점 줄어드는 숫자들을 올려다보던 강혁은 문득 떠오르는 생각에 실소를 머금고 말았다.

뒤돌아 있던 탓에 직접 볼 수는 없었지만, 굳이 보지 않아도 그녀가 어떤 표정을 지었을지 뚜렷하게 상상이 되었기 때문이었다.

종욱과 상의해서 만들어낸 '가짜'인 가짜 계약서 4페이지 마지막 줄.

거기에는 꽤나 공을 들인 장치가 숨겨져 있었다.

애당초 특수 용지와 용액을 써서 장난질을 하려고 했었으니 똑같이 맞받아쳐준 것이다.

[이 계약서에 나와 있는 모든 항목은 무효입니다. 이 항목은 계약서상에 있는 어떤 항목보다도 우선합니다.]

이것이 4페이지 마지막 줄에 적혀진 내용이었다.

그것도 3줄이나 차지하게 폰트를 빵빵하게 키운 커다란 글자로 적혀져 있는 것이다.

강혁은 이 글귀를 새기면서 시간이 지나면 그 효과가 발현되는 용액을 추가로 사용했었다.

그러니까… 종욱으로부터 계약서를 건네받을 때에는 알아볼 수 없지만 시간이 지나면 스스로 본래의 내용들이 지워지며 해당 글귀가 떠오르도록 만들어둔 것이다.

이미숙은 어차피 계약서 마지막 장에 적혀진 이름과 도장만을 확인할 게 뻔하니까.

'예상대로 넘어가 주셨고 말이지.'

덕분이라고 해야 할까? 그녀는 지금 한창 그 대가를 치

240 톱스타_의 킬링필드 2

르고 있는 중이었다.

스스로에 대한 자괴감과 분노라는 형태로 말이다.

"그나저나… 이걸로 괜찮으려나? 그 아줌마 엄청 질척질
척한데……."

문득 떠오른 생각에 강혁의 머릿속으로 만약을 대비한
여러 가지의 방책들을 스쳐지나간다.

하지만 강혁은 이내 생각을 멈추었다.

아무리 질척대봤자 현재의 시점에서 이미숙이 딱히 할
수 있는 일은 없다는 것을 알기 때문이었다.

'가짜 계약서를 가지고 따지려고 들면 어떻게든 발목을
잡을 수야 있겠지만…….'

아마 이미숙을 비롯한 스타엔터는 어떠한 반응도 보일
수 없을 것이었다.

계약서에 대해서 따지고 들려면 스스로의 약점부터 드러
내야 할 테니까 말이다.

"안녕히 가십시오!"

엘리베이터를 나서서 홀을 지나 문 쪽으로 걸어가자 안
내원 여자가 친절한 미소와 함께 깊숙이 고개를 숙여 보인
다.

그녀의 정중한 인사를 받으며 정문을 지나 밖으로 나서
자 구석진데 숨어서 담배를 피던 종욱이 급하게 꽁초를 밟
아 끄며 다가와 맞아주었다.

"어? 생각보다 일찍 나왔네?"

"한 20분쯤 걸렸나?"

"보자… 한 15분쯤 지났네. 이야기는 잘 풀렸어?"

은근히 걱정스런 얼굴로 물어오는 종욱에게 강혁은 웃으며 말했다.

"축하해. 백수 된 거."

"뭐?"

"형 꺼 사직서 내고 왔다고. 계약서 문제도 해결했고."

"어… 그럼……."

"이제 온전히 프리한 몸이 된 거지. 우리 둘 다."

선언하듯 말하며 강혁은 새삼스레 스타 엔터테인먼트의 사옥을 다시 올려다보았다.

한때는 모든 꿈을 걸고 우러러보던 동경의 대상이기도 했던 곳.

하지만 이제는 안 좋은 추억만이 남겨진 사막과도 같은 장소일 뿐이었다.

"형."

"응?"

"슬슬 시간도 됐는데 김치찌개라도 먹으러 갈까? 얼큰한 국물에 소주도 한사바리 하고."

대수롭지 않게 건네는 제안. 그에 종욱도 대수롭지 않게 웃으며 고개를 끄덕여 보인다.

"좋지. 안 그래도 내가 잘 아는 집이 있거든! 거긴 김치찌개도 맛있지만 진짜는 된장찌개지!"

"그래? 기대되는데?"

그렇게 두 사람은 이미 한 차례 술을 마시기라도 한 것처럼 고양된 상태로 길을 지나 꺾어지는 골목길로 접어들었다.

여담이지만, 종욱이 추천한 집의 음식들은 정말로 하나같이 다 맛이 있었다.

대강이나마 스타 엔터테인먼트 건을 마무리 지은 뒤 두 사람은 일주일간이나 더 느긋한 시간을 보냈다.

계약서의 기간이 완전히 마무리 지어질 때까지 기다려야겠다는 생각도 있었지만, 그보다는 오랜만에 돌아온 한국의 정취를 조금 더 만끽하고 싶다는 생각이 들었기 때문이었다.

'어차피 비행기도 편도로 해서 왔으니까.'

스케줄도 올 스톱 해놓은 마당에 돌아가는 시기에 대한 부담 같은 것이 있을 리도 없었다.

'그러니까… 기왕에 시간이 난 거면 제대로 놀아보는 것도 좋잖아?'

아예 제대로 휴가를 즐겨보기로 한 강혁은 이미숙을 만나고 온 다음날이 밝자마자 곧장 중형차 한 대를 렌트하여 무작정 서울을 벗어났다.

강원도를 비롯한 지방 곳곳을 돌아다니며 기왕에 찾아든 휴식시간을 만끽하고 있었던 것이다.

그리고 지금.

강혁은 오랜만에 찾아온 고향의 내음에 심취하고 있었다.

"후우, 바다 냄새 좋다."

어린 시절 소풍의 장소가 되기도 했던 태종대의 방파제 앞에 서서 추억이 떠오를 것만 같은 파도의 냄새를 만끽하고 있는 것이다.

"좋긴 뭐가 좋냐? 비린 냄새만 나는구만."

"그게 매력인 거야."

어울리지 않게 종욱은 비위가 꽤나 약한 편이었다..

진저리를 치는 종욱에게 핀잔을 준 강혁은 방파제에 서서 물결치는 파도를 보고 있다가 이내 물러서며 말했다.

"슬슬 돌아갈까?"

"서울에?"

"아니. 미국에. 충분히 쉬었으니 우리도 이제 본진으로 돌아가야지."

한국으로 온 뒤로 일주일이 지나는 동안 강혁의 인기는

한 단계 더 상승한 상태였다.

온전히 제프 하몬의 에피소드였던 6화가 지나 7화에 들어서 본래 주인공인 일행과 합류하는 부분이 방영되었기 때문이었다.

사람들의 기대에 부응하듯 잔혹하면서도 화려한 액션으로 좀비들을 썰어낸 제프 하몬은 어머니를 닮은 여자인 창녀, 멜리사의 부탁에 따라 일행에 합류하게 된다.

거기에서 히로인인 엠마와 제프 사이의 접점이 생기는 것이다.

위기의 상황 속에서 일행은 그녀를 구할 수 없었지만, 제프는 마치 백마 탄 왕자님이라도 된 것처럼 좀비들을 물리치고 그녀를 구해냈기 때문이었다.

실상은 단지 부탁을 받은 제프가 방해물을 치워버린 정도의 행위를 보인 것뿐이었지만, 겉보기의 내용과 달리 화면에 비추어진 장면은 많은 상상을 부추겼다.

영상의 편집 자체가 묘하게 두 사람 사이의 썸씽을 강조하도록 되어 있어서 데드문의 공식 게시판과 각종 미드 관련 커뮤니티에서는 벌써부터 난리가 나고 있었던 것이다.

덕분에 이전과는 달리 한국의 거리에서도 제법 알아보는 사람들이 생겨났을 정도.

'새로운 시스템도 생겨나게 됐고 말이지.'

그것은 데드문의 7화분이 방영되었던 사흘 전에 발생한 변화였다.

[정예 팬클럽 육성]
-뛰어난 충성도를 지닌 팬을 육성할 수 있습니다.
-전역(全域)을 설정하면 해당 지역에 있는 팬클럽의 충성도가 높은 수치로 오르게 됩니다.

팬을 육성하는 시스템이 생겨난 것이다.

한국으로 '데드문'이 아닌 '배우 강혁'의 공식적인 팬클럽이 생겨나고 그 수가 1만 명을 돌파하는 것이 발동 조건이었다.

북미에도 팬클럽이 없는 건 아니었지만, 그건 어디까지나 배우 강혁이 아니라 '제프 하몬'이라는 캐릭터에 대한 팬심의 비중이 더 큰 편이었으니까.

아무튼, 덕분에 강혁은 정예 팬클럽을 육성할 수 있게 되었고, 고스란히 계기가 된 팬클럽이 있는 한국을 전역으로 설정했다.

〈팬의 숫자〉: 현재 193518명
〈충성 팬의 숫자〉: 542명(3%)
〈인지도〉: 공식 팬클럽이 생성되었습니다. 충성 팬이

모두 사라지지 않는 이상 당신은 그들의 우상입니다.

이것이 달라진 인지도 시스템의 모습이었다.

충성 팬의 숫자 항목이 새롭게 생겨나면서 그것을 비추는 게이지 같은 것도 함께 생겨난 것이다.

톱스타 매니저 시스템은 늘 그러하듯 불친절한 했기에 자세한 부분은 알 수 없었지만, 강혁은 그 게이지가 차오름에 따라서 무언가 아이템이나 스텟 같은 것이 얻을 수 있게 되지 않을까 하고 생각하고 있었다.

'흐음. 그러고 보면 나도 참 많이 성장했군.'

단순히 팬의 숫자뿐만이 아니라 배우로서의 스테이터스 수치 역시도 이전에 비해서는 확실한 성장을 이룬 상태였다.

[상태창]

이름: 강혁
종족: 인간
직업: 배우(무명)

스킬: [냉철한 판단력(패시브)], [연예인 포스(패시브)], [시선집중(액티브)], [염력(액티브-생존)]

〈스테이터스〉

근력: 11

체력: 10

순발력: 13

정신력: 12

카리스마: 15(+5)

먼저 상태창의 경우는 일에 치여서 별다른 시간을 들이지 않았음에도 불구하고 체력이 1, 순발력이 3, 정신력은 2만큼 상승했다.

거기에다가 〈폭풍의 신인〉 호칭의 패시브 중첩 효과로 인해 카리스마 스텟은 대망의 20을 달성한 상태.

두 번째의 '특수 스텟 달성' 업적의 보상으로 강혁은 무려 30000이나 되는 매니저 포인트를 받을 수 있었다.

[현재 능력치]

외모 (82/100)

육체 (71/100)

재능 (37/100)

감각 (47/100)

강혁은 30000의 매니저 포인트를 모조리 재능 스텟에 투자했다.

포인트 대비 가장 많은 수치를 올릴 수 있는 스텟이기도 했지만 그보다는 정말로 스텟의 상승이 주는 효과를 느끼고 있기 때문이었다.

바닥을 뚫고 들어가던 재능 스텟을 올리면서부터 연기를 하는 것이 쉬워진 것은 사실이니까.

30000이나 되는 포인트를 모조리 쏟았음에도 불구하고 오른 수치는 6정도 밖에 되지 않았지만 강혁은 그것이 전혀 아깝다거나 하는 생각이 들진 않았다.

'미묘하긴 해도 분명히 나는 성장하고 있으니까.'

불과 몇 달 만에 과거의 강혁이었다면 상상조차 해보지 못할 일들이 너무나도 많이 일어났다.

하지만 그렇기 때문에.

강혁은 예전의 시간들을 잊지 않는다.

'사혁의 기억과 톱스타 매니저의 기능. 둘 중 하나라도 얻지 못했다면 나는 아마도 여전히 그때의 그 바보 같은 삶을 이어가고 있었을지도 모르니까.'

새삼 각오를 다지며 강혁은 종욱 몰래 띄워 올렸던 상태 창과 톱스타 매니저 창을 다시 내렸다.

떠나기 전에 회나 한 접시 하고 가자는 제안에 종욱은 벌써부터 근처의 횟집으로 발걸음을 옮겨가고 있는 중이었다.

철~ 써억~!

방파제의 테트라포드에 부딪힌 파도가 커다란 포말을 일으키며 튀어 오른다. 한순간 시원함을 전해오는 광경에 강혁은 잠시 시선을 빼앗겼다가 천천히 돌아섰다.

'그래. 다음에 보자고.'

아마도 다음번은 꽤나 오랜만의 재회가 될 테니까.

흩어져 물들어가는 포말의 아래로 각오를 묻으며 강혁은 멀찍이 앞서가고 있는 종욱의 뒤를 따라 걸음을 옮기기 시작했다.

"뭐해? 얼른 와!"

"아~ 가고 있잖아!"

하여간 은근히 성격 급하다니까!

속으로 불평을 토하며 강혁은 얼른 종욱의 뒤로 따라 붙었다.

마지막 회 접시로 한국행 휴가의 끝을 맺은 강혁은 그날 저녁 곧장 돌아가는 비행기 편에 탑승했다.

운 좋게도 비즈니스 석에 두 자리가 남아있었던 것이다.

덕분에 두 사람은 올 때보다는 좀 더 편안한 기분이 되어 돌아갈 수 있었다.

비록 돈은 조금 더 들었지만 말이다.

'뭐, 돈이야 앞으로 더 많이 벌게 될 테니까.'

언젠가는 비즈니스석이 아니라 퍼스트 클래스를 써도 눈썹 하나 까딱하지 않을 수 있을 만큼… 떼돈을 벌어들이고 말리라!

각오를 다지며 비행기의 상승 기류에 몸을 맡긴 강혁은 등록된 영화들을 뒤적이다가 또 잠이 들고 말았다.

〈LA국제공항에 도착하였습니다. 승객들은 짐을 챙겨 안내에 따라 차례로 나가주십시오.〉

12시간이라는 비행시간이 지나 LAX공항에 도착했을 때에는 흐릿해져가는 저녁이 밤의 시간으로 저물어가는 순간이었다.

공항의 내부는 여전히 오가는 사람들로 붐비고 있다.

인종도, 나이도, 성별도 다른 수많은 사람들.

그들을 지나쳐 공항 밖으로 빠져나오자 리무진들과 택시들이 줄을 지어 늘어서 있는 게 보인다.

하지만 강혁은 그 중 하나에 다가가는 대신 공항 주차장으로 향하는 교차로 쪽으로 발걸음을 옮겼다.

빵빵!

"여기야!"

종욱이 공항 주차장에 세워두었던 차를 찾아 내려오고 있었기 때문이었다.

"왜 이렇게 늦었어?"

"최대한 빨리 온 거야 임마."

여느 때와 다름없이, 아니 오히려 이전보다 더 가까워진 느낌으로 툴툴거리며 강혁은 SUV차량의 조수석의 문을 열고 탑승했다.

새 차 특유의 향취와 함께 익숙한 탄력의 시트가 등허리를 편안하게 받쳐온다.

마치 잠이 들 것만 같은 편안함에 그대로 늘어지자 종욱은 피식 웃으며 기어를 옮겨 차를 몰기 시작했다.

'예전부터 생각했던 거지만… 정말로 형은 운전기사를 했어도 성공했을 거야.'

쓸데없는 생각을 하며 라디오에서 흘러나오는 영어들에 귀를 기울이고 있자 새삼스럽게 돌아왔다는 사실이 선명하게 다가왔다.

공항 근처의 트래픽을 지나 도로로 접어들자 정체불명의 핑크빛 기둥들이 두 사람을 맞아준다.

LAX공항 근처의 장식물로서 여행을 오가는 사람들에게는 처음으로 마주하게 되는 일종의 명물이자 여행자들을 맞이하는 환영의 상징과도 같은 구조물.

'정말로 그런 의미를 지녔는지는 모르겠지만… 어차피 미술은 해석하기 나름이니까.'

핑크 기둥들을 지나쳐 완전히 LA시내의 안쪽으로 접어든 두 사람은 간만에 마주하게 된 단골 펍(선술집)의 간판에 낚여서 집으로 돌아가지도 않고서 곧장 맥주잔을 들었다.

"어? 설마 강혁 씨세요?"

"에이~ 그럴 리가… 근데 진짜 닮았는데……."

종욱과 앉아 시원한 맥주잔을 들이키고 있자 주춤주춤 다가와 말을 거는 여자들.

전형적인 히스패닉계의 여성과 일본계로 보이는 동양인 여성이었는데, 두 사람은 긴가민가하면서도 기대감어린 말을 건네 오고 있었다.

"맞아요. 그 살인마."

"꺄아~ 진짜죠!?"

"맙소사! 살인마 제프가 이 근처에 살고 있었다니!"

인정하자마자 기절할 듯이 놀라며 소리를 질러대는 두 여자.

그녀들의 호들갑에 가게에 있던 사람들의 시선이 일제히 집중되어지고 하필이면 '살인마'라는 명칭 때문에 의심에 찬 시선들이 향해지기도 했지만, 가게는 금세 작은 사인회의 장소로 변하고 말았다.

하나 둘씩 강혁의 얼굴을 알아보기 시작하며 사인 공세가 빗발치기 시작했기 때문이었다.

강혁의 입장에서는 간단히 맥주나 한 잔 하고 돌아가려던 참에 마주하게 된 난리였지만 기분은 전혀 나쁘지 않았다.

‘그래, 이거야!’

꿈에서나 바라왔던 스타의 모습.

그것이 지금 그의 손에서 팬들을 향해 펼쳐지고 있었기 때문이었다.

톱스타의 킬링 필드

hell is coming

chapter 6. 달라진 위상

Hell is coming

chapter 6. 달라진 위상

미국으로 돌아온 지도 어느덧 일주일 째.

복귀하자마자 눈코 뜰 새 없이 바빠지지 않을까 하던 예상과는 달리 강혁은 무척이나 한가로운 한 주를 보내야만 했다.

스케줄을 검토하던 종욱이 밀려있던 대부분의 일들을 다 밀어내어 버렸기 때문이었다.

작게는 부자들의 인맥과시를 위한 파티 초대부터 크게는 조연급에 해당하는 배역의 일들까지.

들어온 일들 중에는 자잘한 광고 건이나, 토크쇼나 예능 방송의 초대 건도 있었지만 종욱은 그 모든 것들을 일단

보류하거나 아예 거절해버렸다.

이전처럼 그 모든 일들을 차별 없이 받아들이기에는 강혁의 위상이 이전과는 확연히 달라진 상태였기 때문이었다.

소위 이름값 혹은 이미지 관리라는 것에 대해 걱정해야하는 순간이 찾아온 것이다.

특히나 최근의 시기는 강혁에게 있어서 무엇보다 중요했다.

계약서를 통해 적어도 데드문의 2시즌까지는 출연할 수 있도록 약속이 된 그에게로 재계약의 오퍼가 들어왔기 때문이었다.

여기서 얼마만큼의 페이를 챙길 수 있냐에 따라서 최소한 다음 한 해 동안의 몸값이 결정되어지는 것이다.

때문에 종욱은 어찌보면 극단적이라고 할 정도로 많은 일들을 쳐내고 있는 중이었다.

이전처럼 아무데나 막 나갔다가는 강혁의 이미지가 딱그 정도의 수준에서 머무르게 되기 때문이다.

'중저가 연예인 말이지.'

비록 인지도 상승을 위해 한때는 시답잖은 배역들까지다 찾아가며 출연하긴 했지만 앞으로도 그럴 수는 없는 노릇이었다.

무엇보다도 강혁의 목적은 모두가 알아볼 수 있는 헐리우드의 대스타가 되는 것이었으니까 말이다.

물론 아직까지는 그저 반짝 신인에 불과한 강혁이 심하게 강짜를 부렸다가는 오히려 역풍을 맞게 될 수도 있었지만, 그럼에도 종욱은 방침을 바꾸지 않았다.

협상의 기간을 버텨줄 수 있는 일종의 기반이 생겨났기 때문이었다.

그것은 바로 배우 강혁을 따르는 팬덤이었다.

'이제는 내 팬들의 숫자도 제법 많이 늘어났지.'

한국을 다녀오기 이전부터 꾸준히 늘어가고 있던 팬들의 숫자는 충성 팬의 전역 효과 때문인지 그 수가 빠르게 늘어가고 있었다.

한국을 떠나올 때만 해도 20만 정도에 불과하던 팬의 숫자가 불과 일주일 만에 50만을 넘어섰던 것이다.

그에 대한 보상으로 강혁은 15000점의 매니저 포인트와 함께 '랜덤 스텟 토큰'을 받을 수 있었으며, 줄곧 소식이 없던 퀘스트까지도 함께 받을 수 있었다.

'특히나 랜덤 스텟 토큰은 생각지도 못한 대박 아이템이었고 말이지.'

'랜덤 스텟 토큰'은 사용 시에 랜덤하게 상태창에 속하는 능력치들 중 하나를 상승시켜주는 효과를 지닌 아이템이었는데, 그 상승폭이 무려 5나 되었다.

스텟 1을 상승시키는 게 얼마나 힘든지 아는 강혁으로써는 기꺼울 수밖에 없는 효과의 아이템.

하지만 선택권이 없이 랜덤으로 능력치를 선택하여 오르게 되다는 점 때문에 강혁은 일단 토큰의 사용은 보류하기로 했다.

'……당장은 그거 말고도 신경 쓸 게 많기도 하고.'

지금 강혁이 신경을 쓰고 있는 부분은 역시 퀘스트에 대한 것이었다.

지옥에서의 2번째 시나리오를 마치고 돌아왔음에도 줄곧 소식이 없다가 거의 두 달차가 가까워지는 지금에 이르러서야 겨우 다시 모습을 드러낸 퀘스트가 아니던가.

[퀘스트(업적): 유명인(A등급)]

－결국 스타는 팬의 인기를 먹고 사는 종족입니다. 팬의 숫자는 많으면 많을수록 좋겠죠. 더 많은 팬들에게 당신의 매력을 어필하세요.

－완료 조건: 100만 명 이상의 충성 팬 얻기(기한 없음)

－완료 보상: 10만 달러, 매니저 포인트 30000P, 수수께끼 상자.

비록 업적 관련인데다가 난이도 역시 무려 A등급에 해당하는 퀘스트였지만 그 기한이 정해져 있지 않다는 점에서 강혁에게 나쁠 것은 없는 내용의 퀘스트였다.

'아무리 그래도 충성팬 100만 명은 꽤나 시간이 걸릴 것

같기도 하지만 말이야.'

한국을 전역으로 설정해두어서 늘어난 충성팬의 수치는 현재 이러했다.

〈팬의 숫자〉: 현재 528134명

〈충성 팬의 숫자〉: 9874명(38%)

〈인지도〉: 충성 팬들의 고군분투로 당신의 이름이 한국 등지를 중심으로 빠르게 알려져 가고 있습니다. 하지만 아직은 갈 길이 멉니다.

분명 일주일 전에 비하면 눈부신 발전을 이룩한 모습이었지만, 아직 1만도 넘지 못하는 충성 팬의 숫자가 100만이 되려면 많은 시간이 걸릴 것 같았다.

"그래도 뭐 일단 시간제한은 없으니까."

결국에는 시간문제일 뿐.

언젠가는 달성할 수 있을 것이었다.

"후우… 죽겠다."

강혁은 운동공간에서 무려 120Kg짜리 벤치 프레스를 들며 끙끙대고 있었다.

종욱이 그의 몸값을 위해 고군분투하고 있는 동안 그로써는 별달리 할 수 있는 일이 없었기 때문이었다.

예전 같았으면 조깅을 다니거나 혼자 산책이라도 다녀올

텐데 예전과는 달라진 위상 때문인지 그것도 쉬운 일은 아니었다.

'얼마 걷지도 못하고 금세 사인 요청을 받게 되니까.'

물론 내키지 않으면 정중히 거절하면 될 일이었지만, 강혁은 적어도 아직까지는 팬들의 요청을 거절하고 싶은 마음이 들지 않았다.

'…이건 내 꿈의 일부이기도 하니까.'

물론 앞으로도 계속해서 다 받아주는 건 무리였다.

현실적으로도 무리가 있을뿐더러, 사고의 위험도 있었기 때문이었다.

불과 이틀 전만 해도 무심코 밤에 바람을 쐬러 나갔다가 육탄돌격을 해오는 여자 때문에 하마터면 사고가 날 뻔 했었고.

'그야… 나도 남잔데 매력적인데다가 개방적이기까지 한 여자가 먼저 달려 들어주면 감사할 따름이지만……..'

그게 파파라치에게 찍히거나 하면 문제의 소지가 될 수도 있는 것이다.

물론, 연예인들의 일거수일투족에 민감한 한국과는 달리 미국의 경우는 스타가 좀 즐기고 다닌다고 해도 크게 문제가 될 것은 없었지만…….

'조심해서 나쁠 것도 없으니까.'

한창 몸값이 정해지려는 와중에 굳이 스스로 나서서 재를 뿌릴 필요는 없을 것이었다.

"그나저나… 이거 갈수록 빡세지네."

사실 강혁은 벤치 프레스에 집중하면서 상태창을 함께 띄워놓고 있는 중이었다.

거울을 보고 마인드 컨트롤을 하면서 운동을 하면 그 효과가 더 커지는 것처럼 능력치를 단련하는 데에도 상태창에 나열된 능력치들의 수치를 직접 보면서 하면 더 잘 오르는 것 같은 기분이 들었기 때문이었다.

하지만 불과 한 달 전까지만 해도 1~2씩 잘 상승하던 스텟들이 최근 들어서는 아주 요지부동인 모습을 보여주고 있었다.

근력 증가를 위해서 100Kg부터 5Kg씩 무게를 늘리고 세트까지 늘려가며 매진했음에도 불구하고 상태창에서 바뀐 점이라고는 체력 스텟이 1증가한 것 외에는 없었던 것이다.

'뭐, 이것도 갈수록 요구하는 경험치가 늘어나기 때문이겠지.'

대강 그렇게 이해하며 넘어가고 있긴 했지만, 역시 초조한 기분이 드는 것은 어쩔 수가 없었다.

본능적으로 다음번의 '부름'이 다가오고 있다는 것을 느끼고 있었기 때문이었다.

"최대한 많이 준비해야 해."

아직 '부름'은 코앞까지 가까워진 것은 아니었다.

그러니까 그 때가 올 때까지는 할 수 있는 모든 노력을 다 기울여두는 편이 좋을 것이었다.

'지옥은 봐주지 않으니까.'

사실 지난번에는 운 좋게 카론이라는 존재를 만나서 해결할 수 있었지만, 그가 아니었다면 정말이지 가능했을까 싶을 정도로 지옥의 난이도는 극악한 수준이었다.

이번에도 카론과 같은 조력자를 만나리라는 보장은 없을 테니…….

'제대로 준비하지 않으면 이번에야 말로 죽게 될 거야!'

배우로서의 각오와는 별개로, 강혁은 강렬한 생존의 의지를 다지고 있었다.

❖

'큰일이군. 생각보다 더 완고해.'

굳은 얼굴로 통화를 끊은 종욱은 이내 길게 한숨을 내쉬었다. 강혁의 출연료 협상에 들어간 지도 어느덧 일주일이 지나 열흘을 향해 다가가고 있음에도 이야기는 전혀 진척이 없었기 때문이었다.

아니, 오히려 외통수에 몰려버린 상태였다.

제작사 측에서 계속 미룰 경우 아예 재계약 건 자체를

엎어버리겠다며 강수를 꺼내어든 것이다.

만약 정말로 그렇게 되어버리면 강혁은 반등의 기회를 놓치고 또다시 절치부심하는 시간을 보내야만 할지도 모른다.

'제길, 가능하면 최고의 계약을 따내주고 싶었는데⋯⋯.'

이쯤에 오니 종욱으로써도 자신감이 점점 줄어드는 느낌이었다.

한국에서 매니저 업무를 할 때에는 맡은 연예인의 관리에만 신경을 쓰면 되었었다.

몸값이나 계약에 관한 건들은 세부화 된 다른 팀들이 알아서 하고는 하니까 말이다.

하지만 그 모든 것들을 버리고 '에이전트'로 데뷔한 이상은 반드시 그만한 성과를 보여줘야만 했다.

'⋯그게 내 나름대로의 자존심이니까.'

새롭게 갈아입은 옷에 어울릴 수 있는 뛰어난 성과를 증명해보이고 싶었던 것이다.

강혁은 이미 스스로의 힘만으로 밝게 빛나고 있었으니까.

적어도 그 불빛이 더 먼 곳까지 닿을 수 있도록 할 발판정도는 그가 만들어주고 싶었다.

그러나 역시 현실은 만만치 않았다.

소속사라는 든든한 방어막이 없는 그는 이제 갓 에이전트 일을 시작한 신입 애송이에 불과했기 때문이었다.

"내가 너무 욕심을 부렸던 걸까?"

종욱은 입술을 질끈 깨물었다.

시간이 가면 갈수록 뭔가 잘못 되어가는 느낌이다.

"…제길."

당연한 말이지만, 협상이 길어지고 있는 이유는 제작사 측에서 제시한 재계약 금액을 종욱이 거부하고 있기 때문이었다.

'문제는… 내밀어진 계약의 내용이 사실은 그리 나쁘지는 않은 조건이라는 점이지.'

사실 제작사 측에서 내민 조건은 통상적인 수준에 있으면서도 어느 정도는 강혁을 배려한 내용을 담고 있었다.

현재 말 그대로 '회당' 1만 2천 달러를 받고 있는 출연료를 거의 2배나 인상해주었던 것이다.

한 마디로 회당 2만 5천 달러를 받을 수 있게 된다는 뜻.

그 뿐만 아니라 지금은 정말로 출연한 에피소드에만 출연료를 받는 반면 2시즌부터는 직접 출연하지 않은 에피소드에도 출연료를 받는 조건이었다.

2시즌은 16편으로 내정되어 있다고 했으니 회당으로 계산해보면 400000달러, 한국 돈으로 하면 무려 4억 4000만원에 해당하는 돈을 벌 수 있게 되는 것이다.

데드문의 주인공인 잭 스미스가 회당 50만 달러를 받는다는 점을 생각해보면 터무니없는 금액이라고 느껴질 수도 있었지만 그와 강혁의 인지도 차이는 어마어마한 수준이었다.

별다른 전적도 없는 깜짝 신인 주제에 껄떡여서는 곤란하다는 말이다.

하지만 종욱은 도박을 걸어보기로 했고 협상 비용으로 10만 달러를 제시했다.

잭 스미스와 강혁을 제외한 나머지 주역들이 대부분 10만 달러씩은 받고 있다는 점에서 고려한 제안이었다.

강혁의 커리어야 어쨌건 형평성의 문제라는 것도 있으니 하다못해 10만 달러는 아니라도 최소한 6~8만 달러 선을 맞춰주지 않을까 했던 것이다.

그러나 제작사 측은 종욱이 상상했던 것보다 훨씬 더 완고했다.

[4시즌까지 출연하는 대신 2시즌부터 출연료를 회당 2만 5천 달러로 인상한다.]

제작사는 처음에 제안한 계약 조건에서 조금도 양보하려 들지 않았다. 종욱은 여러 가지 방법들을 쓰고 도표까지 준비하며 설득하려 했지만 씨알도 먹히지 않았다.

그렇게 일주일이나 되는 시간이 헛것처럼 지나가자 제작사 측에서도 강수를 내세웠던 것.

재계약을 하지 않을뿐더러 2시즌이 시작하면 첫 회 만에 강혁을 이야기에서 제거할 수도 있다는 속내를 비친 것이다.

스토리상으로 문제는 없었다.

제프 하몬이라는 인물부터가 본래부터 원작에는 등장하지 않는 캐릭터였기 때문이다.

아니, 등장은 하지만 잠깐 등장하고 사라져서 이야기 속에서 영영 등장하지 않는 엑스트라와 같은 존재였다.

"하아아…."

종욱은 바닥이 꺼져라 한숨을 내쉬었다.

아무리 생각을 거듭해도 타개책이 떠오르지 않는다.

"…어쩔 수 없나."

종욱은 포기라는 단어를 떠올렸다.

여기서 더 강짜를 부렸다가는 오히려 강혁의 앞길을 막게 될지도 모르니까.

후루룩…

이제는 다 식어버린 아메리카노 잔을 단숨에 비워내며 종욱은 입안이 떫어질 정도의 쓴맛을 천천히 굴렸다.

"녀석에게는 면목이 없네."

이럴 줄 알았으면 그냥 진즉에 계약서를 받아들이는 편이 낫지 않았을까 하는 생각이 쉴 새 없이 그의 머리를 맴돌았다.

적어도 그랬더라면 제작진과의 관계는 더 가깝게 가져갈 수도 있었으며, 허송세월로 보낸 일주일 동안 새로운 작품이라도 찾을 수 있었을지 어찌 아는가!

하지만….

늘 그러하듯 후회는 아무리 빨리 해도 늦는 법이었다.

"인정하자. 이번 일은 실패야. 하지만 다음번에는……."

다행히 종욱은 후회를 길게 끌고 가는 성격은 아니었다.

가글을 하는 것처럼 아메리카노의 쓴맛을 입안에 굴리던 종욱은 이내 그것을 단숨에 삼켜버리고는 카페를 나섰다.

들어올 때까지만 해도 아직 밝았던 하늘이 어느새 새빨간 석양을 드리우고 있었다.

"벌써 이렇게 됐나?"

잠깐이라 생각했던 상념의 시간이 생각보다 훨씬 더 길게 이어지고 있었던 모양이었다.

"지금… 전화하기는 좀 그렇겠지?"

폰을 들어 시간을 확인하던 종욱은 이내 폰을 다시 주머니 속으로 집어넣었다.

어차피 제안은 내일 오후까지는 유효하다고 했으니 괜히 아쉬운 마음으로 전화하기보다는 잠을 자고 꿉꿉한 마음 정도는 털어버린 뒤에 연락을 하고 싶었던 것이다.

'이번이 안 된다면 그 다음이라도 기약하면 되는 거니까!'

비록 에이전트의 일에서는 아직 초보라고 해도 매니저로써 굵은 잔뼈는 여전히 남아 있었다.

꼼꼼함과 집요함을 중심으로 버텨왔던 그에게 이 정도의 실패와 몇 년의 기다림 정도는 아무 것도 아닌 것이다.

그렇게… 새로운 마음을 다지며,

"힘내라! 종욱아!"

막 걸음을 움직이기 시작했을 때였다.

삘릴릴릴릴-♪

아재답게 심플하기 그지없는 벨소리가 울려 퍼진다.

폰을 꺼내어 확인해보니 수신자 명에 지난 일주일간 지겹게 이야기를 나누어왔던 제작사측 사람의 이름이 떠있는 게 보인다.

"…음?"

바로 그때였다.

뭔가 찌르르 한 감각이 종욱의 등골을 타고 오른 것은.

'설마….'

어린 시절, 영화 식스센스를 보다가 마침내 브루스 윌리스가 귀신이라는 것을 알게 되는, 바로 그 직전의 순간처럼 찌릿한 감각이 온 몸의 감각을 자극해오고 있었던 것이다.

그것은 촉이었다.

그로서도 여태껏 살며 단 세 번 정도 밖에는 느껴보지 못했던 감각.

"하하… 설마……."

종욱은 그럴 리 없다는 듯 실없는 웃음을 머금었다.

그러나 그것도 잠시.

"후우…"

종욱은 크게 심호흡을 하고는 여전히 울리고 있는 폰의 액정 화면을 들여다보았다. 그리고는 이내 통화 버튼을 꾸욱 누르고는 말하는 것이다.

"네. 에이전트 강입니다."

얄미울 정도로 담담하면서도 힘이 있는 목소리였다.

❖

영원히 평행선을 달릴 것만 같던 데드문의 재계약 협상은 극적으로 타결되었다. 기존의 제안을 크게 뒤엎어 강혁에게도 회당 10만 달러라는 금액이 제안된 것이다.

대신 제작사 측에서 원하는 조건은 강혁이 최소 6시즌까지는 출연해주는 것이었다.

불과 몇 시간 만에 어떻게 이야기가 이렇게까지 바뀌게 된 걸까?

그 이유는 SNS에 있었다.

데드문의 원작자인 애드리아나 홀튼이 자신의 트위터에 돌연 한 줄의 글을 올렸던 것이다.

[제프 하몬의 재계약이 잘 됐으면 좋겠다!]

그녀는 본래부터 여성 작가답지 않게 현실적이면서도 그로테스크한 그림체의 만화를 그리는 것으로 유명했는데, 이번 데드문이 대박이 남으로 인해서 덩달아 유명세를 타고 있었다.

개인적으로는 게임도 즐기며 그것으로 트위치 방송까지 하고 있기 때문에 팬들의 사이에서는 '너드(Nerd)여신' 으로도 불리고 있는 그녀는 팔로워의 숫자만 해도 500만이 넘었다.

그런 그녀의 트위터에 글이 올라갔다.

그것도 최근 가장 핫 하다고도 할 수 있는 제프 하몬의 관련 글이 말이다.

당연하게도 팬들은 이것저것 리플을 달기 시작했고, 애드리아나는 자신이 아는 한도 내에서 친절하게 하나하나 답변들을 달아주기 시작했다.

제프 하몬의 배우인 강혁과의 친분이 있냐는 것부터 앞으로의 스토리는 어떻게 진행되는 것이냐 혹은 드라마에 까메오로 출연할 생각은 없느냐는 등의 가벼운 질문들까지.

사실 별다를 것은 없는 이야기였다.

늘 그랬듯이 그녀는 자신의 팬들과 소통을 했을 뿐이니까.

하지만 문제는 어떤 데드문의 골수팬과의 대화에서 발생했다.

[치즈냥이]: 원작에서는 제프 하몬이 나오지 않는데… 그럼 역시 곧 죽게 되는 건가요? 지난주 드라마 보니까 사망 플래그 떴던데 : '-(

팬의 입장에서는 당연한 궁금증을 물었을 뿐이었다.
거기에 아드리아나는 자신의 일정을 답했을 뿐이고 말이다.

[아드리아나]: 걱정 마! 제프 하몬은 나도 무척 매력적으로 생각하는 캐릭터거든. 벌써 4권분의 원고에 제프 하몬의 캐릭터를 등장시킬 준비를 하고 있다구!

대답과 함께 그녀는 직접 자신이 그린 캐릭터의 기본 시안과 완성시킨 초반부의 내용 일부를 공개했다.
반응은 당연히 폭발적이었다.
팔로워들은 아드리아나의 트위터 내용을 캡쳐해서 이리저리 나르며 화제에 불을 키웠다.
그리고… 어떤 커뮤니티에서 누군가의 글이 폭탄처럼 떨어진 것이다.

[내 예상에 제프 하몬은 다음 시즌에 바로 하차임!]

그런 제목으로 시작된 글은 배우인 강혁의 허접한 커리어를 까면서 그럼에도 재계약이 얼른 체결되지 않는다는 것은 그가 건방지게 협상을 하려고 들기 때문이라고 비난하고 있었다.

어디서 듣도 보도 못하던 잡놈이 갑자기 튀어나와 인기를 좀 끈다고 건방을 부린다며 까고 있었던 것이다.

팬이 있으면 반드시 안티도 있듯이 평소라면 그냥 묻히거나 10개 정도의 욕 리플이 달리며 묻힐 글이었지만, 시기가 너무나도 적절했다.

게다가 구체적인 금액을 언급하지 않았을 뿐이지 관계자가 아닌가 싶을 정도로 글은 사건의 내막에 상당히 근접해 있었다.

해당 글에는 불과 1시간 만에 1000개가 넘는 리플이 달렸다.

소위 좆문가들끼리 서로의 말을 반박하고 그것을 통해서 키보드 배틀을 벌이다가 급기야는 아예 서로에 대한 비난을 하기 시작하면서 아수라장이 되고 말았던 것이다.

거기에 양측을 지지하는 새로운 키워(키보드워리어)들까지 참전하기 시작하면서 해당 글은 단숨에 베스트 1위에 올라 노출이 되고 말았다.

사태가 이리되다 보니 화제의 불길은 급격히 그 몸집이 불어났다.

한순간이지만 모든 드라마 커뮤니티 사이트에서 데드문과 제프 하몬이 관련된 글들이 급격히 리젠되어 떠오르기 시작한 것이다.

그야말로 폭발적이라고 밖에는 표현할 길이 없는 반응!

그렇게 약 또 1시간이 지나갔을 때.

답이 나오지 않는 토론에 지친 팬들의 일부는 데드문의 공식 게시판으로 향하기에 이르렀다.

[데드맨워킹]: 제프 하몬은 어떻게 되는 겁니까? 원작자도 등장시키려고 하는 캐릭터인데 설마 재계약이 틀어진다고 배우를 쳐내거나 하진 않겠죠?

ㄴ[로즈란]: 어쩌면… 배우만 바꿔버리지 않을까? 예전에도 그런 비슷한 일들이 있었잖아.

ㄴ[좀비스]: 그럼 난 안 본다. 차라리 안 나오면 모를까. 다른 배우가 제프 하몬 연기하면 어색해서 적응이 안 될 듯.

ㄴ[에픽클리어]: 동감.

이런 비슷한 글들이 넘쳐나기 시작하며 급격히 트래픽이 몰리기 시작하자 결국 데드문 공식 사이트가 마비되고 말았다.

글을 싸지르던 사람들이 그 바탕이 없어진다고 진정할까?

아니, 전혀 그렇지 않다.

이미 끓을 데로 끓어오른 물이 그리 쉽게 가라앉을 리는 없지 않겠는가.

팬들은 각자가 몸을 담은 커뮤니티로 돌아가서 아무런 대답도 주지 않는 데드문 제작사 측의 무책임함을 질타하며 글을 쓰기 시작했고 해당 글들은 많은 공감을 받으며 또 단숨에 베스트 상위권으로 치고 올랐다.

불과 몇 시간 만에.

데드문의 제작사는 돈 욕심에 눈이 멀어 뛰어난 배우를 망치려고 하는 쓰레기가 되어있었던 것이다.

"이게 도대체 어떻게 된 일이야!"

"그, 그게 저도…."

"관리하는 네놈이 모르면 어쩌자는 건데? 저러다가 시청률에 문제라도 생기면 네놈이 책임질 거야!? 당장 수습해! 당장!"

방송사를 비롯한 제작진 및 투자자들 모두에게 불길이 떨어졌다.

거스를 수 없는 '대세'라는 불길이 말이다.

결국 얼마 지나지 않아 데드문의 제작사는 새로운 입장을 발표할 수밖에 없었다.

[제프 하몬의 하차는 금시초문이다. 그와의 재계약은 문제없이 체결되었으며, 그는 앞으로의 이야기에서도 충분히 활약을 할 예정이다.]

그때가 바로 종욱이 한탄을 하며 카페를 나서던 때.

"이예스!"

공식 입장 표명과 동시에 걸려온 전화를 받은 종욱은 조커라도 된 것 마냥 자꾸만 벌어져 올라가려 하는 입 꼬리를 주체할 수가 없었다.

다음날.

강혁은 종욱과 함께 관계자를 만나 새로운 계약서를 썼다.

시즌 6까지 출연하는 대신에 회당 10만 달러를 출연료로 받게 된다는 내용의 계약서였다.

10만 달러라고 하면, 한국 돈으로 환산하면 거의 1억 1천만 원에 해당하는 돈.

그러니까 시즌 당 160만 달러를 벌 수 있게 된 강혁은 데드문을 찍는 것만으로도 최소 17억이 넘는 연봉을 챙길 수 있게 된 셈이었다.

불과 몇 달 전까지만 해도 이름은커녕 존재조차 알려지지 않던 무명의 배우가 단숨에 억대의 돈을 벌어들이는 스타의 반열에 오르게 된 것이다.

"형, 수고했어!"

"하하핫, 이번 건 그냥 운이 좋았던 거야!"

"운도 실력이지 뭐."

계약서를 쓴 당일의 저녁.

종욱과 강혁은 오랜만에 소주와 한국식 안주들을 사와서 코가 삐뚤어져라 마시며 자축의 시간을 보냈다.

남자 둘이서 술판을 벌인다는 게 조금 서글프기는 했지만 지금 밖에 나갔다가는 길거리에서 깜짝 팬미팅이라도 해야 될지 모르는 판이었기에 어쩔 수 없는 조치였다.

한편 같은 시각.

각종 사이트에는 동시에 같은 내용의 글들이 떠다니기 시작했다.

[제프 하몬의 배우 강혁은 주역들과 동등한 대우를 받게 되었다.]

다분히 카더라 식의 이야기였지만 관계자가 아니면 알 수 없는 이야기들까지 들어가며 적혀진 내용이 널리 알려지기 시작한 것이다.

덕분에 강혁이 회당 10만 달러의 출연료를 받게 된다는 것이 기정사실처럼 자리 잡게 되자 넷상에는 새로운 흐름이 불어 닥치기 시작했다.

[실드플래닛]: 신인이 회당 10만이라니… 그만한 돈값은

해주겠지?

닉[셜록힐즈]: 보면 모르냐? 지난주 거 보고와라. 액션 뿐만 아니라 멜로 연기까지 가능할지도 모르니까.

닉[제프하몬섹시해]: 맞아맞아! 무심한 듯 하면서도 은근히 썸 타는 것 같은 모습이 아주 그냥… 꺄하악! 너무 섹시해!

새삼스럽게 제프 하몬의 인기가 재조명 되는 것과 동시에 그에 대한 무게도 함께 쥐어지게 된 것이다.

하지만 어쨌든, 당분간 강혁의 인기는 가라앉을 길이 없어 보였다.

"그리고 나는 물이 들어올 때 노를 저을 줄 아는 사람이지!"

술을 마시며 전해들은 이야기를 통해 인터넷의 반응들을 하나하나 찾아본 강혁은 먼저 종욱에게 제안했다.

다시 시작할 첫 번째의 스케줄로 토크쇼를 나가자고.

선택된 토크쇼는 강혁에게도 익숙한 이름이었다.

한국에서도 꽤나 인지도가 있는 토크쇼였기 때문이다.

"하하, 내가 코너쇼에 나가게 되다니."

한국에서는 노답게이며 방송으로 더 유명한 코너 오브 라이언이 진행하는 코너쇼는 미국 현지에서도 상당히 인기가 있는 케이블 방송이었다.

며칠 뒤.

코너 쇼의 최신화가 방송을 탔다.

[오늘의 게스트는 CDN 화제의 인기작 '데드문'의 제프 하몬입니다. 그럼 불과 어젯밤 방영된 최신화의 내용을 보시죠.]

늘 그렇듯 물 흐르는 듯 한 멘트와 함께 진행된 화면은 넷상으로도 화제의 중심에서 내려올 기색이 보이질 않는 9화분의 한 장면을 비추고 있었다.

-그워어어!

-캬하아아!

끝없이 몰려드는 좀비들.

그 사이에 고립되는 주인공 일행.

절망의 상황에서 가장 먼저 창녀 출신인 멜리사가 팔을 물어 뜯기게 된다. 다가든 절망이 서서히 그 거리를 더 가까이 좁혀오고 있었던 것이다.

감염자는 마땅히 죽이는 게 원칙이었지만, 죽고 싶지 않다며 울부짖으며 애원하는 멜리사에게 누구도 무기를 휘두르지 못한다.

하지만 그럼에도 곧 좀비로 변해갈 그녀를 은연중에 밀어내며 배척하는 이기심이 팽배하는 바로 그 순간!

퍼걱-

제프 하몬의 손에 들려있던 도끼가 멜리사의 목을 날렸다.

그리고 모두가 굳어있는 동안.

"한심하군."

제프는 마치 광전사라도 된 것처럼 좀비들의 사이로 파고들며 정신없이 양손에 들린 도끼와 나이프를 휘둘러대기 시작했다.

퍼걱! 푸각!

콰직, 투두둑!

분쇄기 앞에 선 나무토막이라도 된 것처럼 좀비들의 머리통이 연신 부서져 나간다.

제프의 손이 휘둘러질 때마다 그 손끝에 걸린 도끼날과 나이프의 칼날이 좀비들의 머리통을 쪼개고, 목을 베어내며, 썩어서 흘러내리는 눈알을 헤집으며 깊숙이 박혀든다.

좀비들은 사방에서 몰려들며 그를 고립시켜갔지만 제프는 무적이라도 된 것처럼 좀비들을 헤치며 끝없이 나아갔다.

무려 30여초간이나 끝없이 이어지는 액션 씬.

잠시 화면에 비추어진 코너 마저도 시선을 떼지 못하고 집중하고 있는 동안 마침내 좀비들을 다 뚫어내는데 성공한 제프는 그 끝에 있는 발전기의 버튼을 눌러 엘리베이터의 전원을 올렸다.

혼자만의 힘으로 모두를 절망 속에서 구해낸 것이다.

하지만 그에게 돌아온 것은 일행의 차가운 배신이었다.

"안 돼요! 카인!"

"제길! 어쩔 수 없어!"

붙잡으며 말리는 엠마를 뿌리친 카인이 좀비들을 밀어내고 다급히 엘리베이터의 문을 닫는다.

퉁퉁투구투투퉁!

속절없이 문이 닫히고 그 위로 문을 박살낼 것처럼 두들겨지는 타격음들이 섬뜩하게 울려 퍼지며, 엘리베이터는 상승하기 시작한다.

그리고⋯ 투명한 유리벽의 아래로 좀비들에게 휩싸인 제프의 모습이 비추어지는 것이다.

그는 어떠한 원망도 분노도 없이 그저 웃고 있었다.

미묘한 광기를 담은 살인마의 미소로 말이다.

[오 마이 갓! 하하하, 정말 환상적이군요, 왜냐하면 이건 남자의 로망을 담았기 때문이죠. 좀비 떼만 해도 미칠 지경인데 그걸 웃으면서 박살내버리다니!]

영상이 끝나자마자 곧장 코너가 호들갑스럽게 말하며 추켜세웠다.

[내 인생에서 봤던 좀비물 중에 단연코 최고라고 할 수 있겠네요. 환상적이에요!]

[하하, 제가 생각한 것보다 영상이 더 잘 뽑혔네요.]

[오! 현장에서는 생각보다 별로였나 보죠? 역시 감독이 구린가요?]

[사실 좀 그런 부분이… 흠흠, 여기까지만 언급하겠습니다.]

[하하하, 계약이 성공적으로 체결되었다는 소문은 사실이었군요. 그렇지 않다면 이렇게 깽판을 칠 수 없을 테니까요!]

[소시오패스가 그런 사소한 것들까지 따지진 않거든요.]

대강 그런 느낌으로 코너와 강혁의 대화는 유연하게 진행되었다.

기본적으로 대본이 있기도 했지만 그것을 벗어난 코너의 짓궂은 돌발 질문들에도 강혁은 능글맞게 답하며 적당한 긴장감을 이어주었기 때문이었다.

인터뷰에서 시작된 영상은 이후 둘이 함께 PC방으로 가는 것으로 마무리 지어졌다.

취미를 묻는 질문에 게임 밖에는 없다고 말했기 때문이었다.

코너는 노답 게이머 방송을 하는 것도 고역인데 코리언이랑 PC방까지 와야 하다니라고 하면서 투덜거렸지만, 별로 돈이 들지 않고 즐기기 좋은 취미로 게임만큼 좋은 게 없다는 강혁의 진실 된 발언에는 결국 입을 다물고 말았다.

선택한 게임은 최근 유행하고 있는 [월드 오브 레전드 와치]라는 RPG, FPS, AOS장르가 복합적으로 혼합된 게임이었는데, 유저 친화적인 인터페이스 때문에 코너로서도 재밌게 즐길 수 있었다.

거기에서 화제가 된 부분은 강혁이 소위 '고수'로 분류가 되는 '다이아 리그'의 캐릭터를 가지고 있었다는 점이었으며, 전장에서 날뛰는 그의 컨트롤이 데드문 9화에 나왔던 제프 하몬의 모습만큼이나 심상치 않았다는 점이었다.

비록 변하기 전까지는 한심한 삶을 살아왔던 강혁이었지만, 그에게도 게임에 대한 재능은 있었던 것이다.

어쩌면 그는 배우가 아니라 프로게이머로 나서는 것이 더 나은 길이었을지도 몰랐다.

아무튼, 그렇게 코너쇼 강혁 편은 여러 가지 화제들을 남기며 순조롭게 마무리 지어졌다.

그날 밤.

각종 커뮤니티 사이트들이 폭발한 것은 당연지사였다.

본방 사수를 한 미국뿐만 아니라 한국을 비롯해 코너 쇼가 인기를 끌고 있는 많은 나라들에서 불과 1~2시간 만에 자막이 제작되어 영상이 오르기 시작했던 것이다.

그리고… 고작 2시간 정도뿐이긴 했지만, 데드문, 강혁, 제프 하몬 등의 키워드들이 한국의 각종 포털사이트들의 인기 검색어 순위 1~5위까지를 점거했다.

그만큼 데드문은 한국에서도 인기를 끌고 있는 화제의 드라마였으며, 강혁의 팬클럽 회원들이 열성적으로 나서줌으로 인해 그 전파력이 크게 향상되었기 때문이었다.

주말이 넘어가기 직전의 일시에 벌어진 일.

다음날 잠에서 깨어난 강혁은 불시에 눈앞에 떠오르는 메시지창의 내용이 그만 벙 찐 표정을 짓고 말았다.

〈팬의 숫자〉: 현재 1272476명

〈충성 팬의 숫자〉: 21472명(72%)

〈인지도〉: 잭팟이 터졌습니다. 지금 당신은 관심의 집중을 받고 있습니다. 이럴 때일수록 처신을 잘해야 하니 행동거지에 주의하세요.

불과 하루 전까지만 해도 70만 명 정도였던 팬의 숫자가 단숨에 뛰어올라 130만 명에 가까워지고 있었기 때문이었다.

충성 팬의 숫자 역시도 2만을 넘긴 상태였다.

"혁아. 이거 완전 대박이다!"

"…진짜지?"

강혁부터가 믿지 못해 되물었지만 그것이 결코 거짓일 리는 없었다.

이른 아침 시간부터 종혁의 폰이 불이라도 난 것처럼 계속 올려대는 통에 무음으로 바꾸어두어야 했으며, 그런 와중에도 문자나 메일들은 계속해서 쏟아져 들어오고 있었던 것이다.

강혁도 결국에는 받아들일 수밖에는 없었다.

'하하, 대박이네.'

눈앞으로 [업적: 팬의 숫자 100만 명 달성!] 이라는 메시지와 함께 그에 따른 보상들이 차례로 떠올라 있었기 때문이었다.

보상은 1만 달러의 돈과 무려 10포인트나 되는 일반 보너스 스텟이었다.

특수 스텟인 카리스마를 제외한 상태창 내의 모든 종류 스텟을 올릴 수 있는 보너스 스텟이 주어진 것이다.

배우 일을 해서 얻게 된 보상이 어째서 톱스타 매니저 쪽의 능력치가 아니라 개인적인 상태창 스텟과 관련이 있는지는 조금 의문이었지만, 어쨌든 앞으로 살아남아야 하는 입장에서 10포인트는 꽤나 큰 보상이었다.

하지만 강혁은 그것을 우선 투자하지 않고서 묵혀두기로 했다.

지금의 상황으로서는 다음번의 지옥에서 어떤 능력치가 필요하게 될 지 알 수 없었기 때문이었다.

'그 외에 신경 쓰이는 것도 있고.'

위의 두 가지 보상과 더불어서 함께 주어진 세 번째의 보상. 그것은 강혁으로서도 처음으로 보는 보상이었다.

[시공의 주화: 500]

상태창의 우측 상단에 새롭게 생겨난 동전 모양의 아이콘.

동전의 위에는 복잡하면서도 기괴한 문양들이 새겨져 있다.

'주화라고 하는 걸 보면 뭔가 구입하는데 쓰이는 용도 같긴 한데 말이지…….'

적어도 지금의 시점에서는 저것을 사용할 수 있을만한 곳은 찾을 수가 없었다.

어떤 식으로 사용하게 되는지도 모르고 말이다.

'뭐, 조만간 알게 될 테니까.'

사실 여전히 많은 것을 알지 못하는 강혁이었지만, 그런 그도 한 가지는 깨달은 점이 있었다.

이 모든 일과 관련하여 발생된 궁금증들은 그저 가만히만 있어도 결국엔 알게 된다는 점이었다.

"혁아?"

"어? 왜?"

"뭘 그렇게 멍 때리고 있어? 광고 할 거냐고."

"아… 잠깐 딴 생각 좀 했어. 그보다 광고? 무슨 광고인데?"

종욱의 핀잔에 강혁은 보상과 상태창에 대한 것들을 머리속에서 치워버리고 현실로 돌아왔다.

287

종욱은 메일을 잠시 뒤적이는 것 같더니 이내 몇 개의 제안들을 보여주었다.

"음료 광고에… 휴대폰 광고… 거기에 햄버거 광고도 있네?"

"어. 다들 페이가 제법 괜찮아. 뭐라 해도 일단은 TV광고니까."

"기본적으로 다들 30만 달러 정도고…….."

30만 달러면 3억 3천만 원에 해당하는 돈이다.

불과 15~30초가량 나가는 광고들의 몸값으로 3억이 넘는 돈을 챙기게 되는 것이다.

물론 진짜 스타들의 경우는 기본적으로 100만 달러 이상의 몸값을 받는 모양이었지만, 활동시기가 얼마 되지 않은 강혁의 상황을 고려해보면 종욱의 말마따나 제법 괜찮은 비용이라고 할 수 있었다.

"음? 근데 이건 뭐야? 제노…스? 여긴 뭔데 이렇게 페이가 쎄?"

종욱이 찾아준 광고들을 다 읽어 내리고 다른 제안들까지도 뒤적이던 강혁이 돌연 놀라며 물었다.

제노스라는 회사명을 내세운 광고 제안 메일에는 무려 300만 달러라는 금액이 적혀져 있었기 때문이었다.

"아… 그거…….."

대답하는 종욱은 뭔가 어색한 표정이었다.

이내 종욱이 말했다.

"인터넷 광고인데… 정력제 광고야."

"…뭐?"

"정력제 광고라고. 해당 제품만 먹으면 힘없는 약골도 네가 연기했던 제프 하몬처럼 변해서 여자를 미치게 만들 수 있다는 컨셉의 광고야."

"하하… 살벌하네."

"살벌하지."

강혁은 고개를 절레절레 흔들면서도 제노스라는 회사의 이름을 머리속에 깊숙이 각인시켰다.

물론 지금 그에게는 절~대로 정력제의 도움 같은 건 필요 없지만, 앞으로의 일은 모르는 것이 아닌가.

단순한 호기심 해소 차원에서라도 이런 알짜 정보는 미리미리 알아둘 필요가 있었다.

❖

결국 강혁은 햄버거와 이온 음료 두 개의 광고만을 택했다.

더 이상 광고를 늘리긴 곤란할 정도로 앞으로의 일정이 꽉 들어차 있었기 때문이었다.

헐리우드 스타들은 작품 활동을 할 때 외에는 여유롭고

즐기는 삶을 산다고 하는데, 강혁은 갓 데뷔한 신인 아이돌이라도 된 것처럼 빡빡한 일정을 소화하려 하고 있었다.

종욱만의 독단은 아니었다.

'이건 내 욕심이기도 하니까.'

향후 한 달간 거의 꽉 들어차 있는 일정들의 대부분은 토크쇼나 예능 방송, 그리고 이미 유명세를 떨치고 있는 다른 드라마들에 까메오로 출연하는 일들이었다.

이미 화제성은 띄웠으니 이대로 신비주의를 고수하며 몸값을 더 올리는 방법도 있었지만, 강혁은 그보다는 오히려 더 다양한 모습들로 등장해 보임으로 인해 인지도와 매력들을 마음껏 뿌려댈 생각인 것이다.

사실 이것은 꽤나 중요한 일이었다.

이미지의 고갈보다 더 심각한 것은 이미지의 고착이기 때문이었다.

'이대로 가다가는 영락없이 살인마 전문 배우 같은 걸로 낙점이 찍히고 말테니까 말이지.'

다행스럽게도, 강혁은 스타라곤 해도 아직까지는 그 기틀이 완전히 고정되어진 상태가 아니었다.

강혁은 본인조차도 설마 1시즌 만에 이렇게까지 뜨게 될 줄은 몰랐으니까.

'이런 생각이 들게 될 줄도 몰랐고.'

본래 그의 꿈은 단순하게 헐리우드 스타가 되는 것이었

지만, 최근 그 방향성이 조금은 달라졌다.

단지 이름뿐인 스타가 아니라 모간 프리덤, 브루스 윌로슨, 톰 뱅크스 등의 대 배우들처럼 사람들의 기억 속에 오래도록 기억되는 존재가 되고 싶어진 것이다.

그러니까, 강혁은 아직은 신인에 불과한, 무릎과 허리가 뻣뻣해지기 전인 지금, 자신의 이미지 작업에 열심히 몰두해볼 생각이었다.

설령 지금은 어설프더라도 다양한 이미지들을 미리미리 구축해두면 언젠가는 그 모든 영역들까지도 정복할 수 있게 될 테니까.

다양한 방송이며 작품들에 출연하는 일은 생각보다 수월했다. 굳이 일거리를 찾아다니지 않아도 섭외가 넘쳐났기 때문이었다.

물론 그건 어디까지나 데드문 및 코너쇼의 성공으로 인해 얻어진 화제로 인한 특수상황일 뿐이었지만, 강혁은 아무래도 괜찮다고 생각했다.

모로 가도 서울만 가면 그뿐이 아닌가.

오히려 이런 기회에 몸을 사리고 있는 편이 더 미련한 짓일 것이었다.

'그렇다 쳐도 이건 너무 바쁜 게 아닌가 싶긴 하지만……'

지난 한 주간 강혁은 정말이지 정신없는 시간들을 보냈다.

예능 방송만 2개나 출연했으며, 드라마 까메오 일의 경우 무려 4건이나 뛰었다.

물론 까메오의 경우는 잠깐씩 출연하는 거라 그다지 부담이 되는 일은 아니었지만, 그 짧은 순간에 교사, 마약판매원, 한심한 백수삼촌, 인기 서퍼 등으로 나와서 다양한 이미지를 구사한다는 것은 말하는 것처럼 그리 쉬운 일은 아니었다.

그 외에도 강혁은 잡지사의 인터뷰에, 패션 잡지 사진 촬영 일들까지 해내야만 했다.

거의 매일을 풀로 소모하고 있었던 것이다.

그나마 광고 일의 경우 일정을 조율해서 다음 주와 다다음주로 미룬 것이 위안이라면 위안이었다.

만약 광고 촬영마저 이번 주에 몰렸더라면 아마 강혁은 쓰러지고 말았을지도 몰랐다.

체력적으로가 아니라 정신적으로!

3년 만에 취업에 성공한 백수가 불과 한 달 만에 사표를 가슴에 품는 것처럼.

강혁은 찌들어가고 있었던 것이다.

"끄응… 쉽지가 않구만."

"뭐가?"

종욱의 질문에 강혁은 한숨을 내쉬며 답했다.

"스타가 되는 거."

"그럼 그게 쉬울 줄 알았냐? 다들 뒤에서 피나는 노력을 하는 거여!"

"나는 히트작 하나 찍고 나면 거드름 피우면서 깽판 칠 수 있는 건줄 알았지."

"에이~ 어떤 스타가 그래?"

"어… 강하영?"

무심코 뱉어진 말에 종욱의 말문이 막혔다.

이내 그는 고개를 절레절레 흔들며 말했다.

"하긴… 걔는 그래."

"쿡쿡, 거 봐."

강하영은 스타엔터테이먼트 소속의 간판스타 중 하나로써 첫 작품으로 '첫사랑 기억'이라는 영화에 출연하여 단숨에 스타덤에 오른 케이스였다.

그녀의 순수하면서도 깨끗한 이미지가 모든 남자들이 한 번쯤은 꿈꿔보았던 첫사랑 그녀의 이미지와 한없이 부합했기 때문이었다.

덕분에 그녀의 몸값은 단숨에 수직 상승.

거기에 모든 여자 연예인들이 꿈꾸는 광고계의 원탑이라는 화장품 광고가 그야말로 대박을 치면서 그녀는 몸값은 더욱더 뛰었다.

이른바 톱스타가 된 것이다.

그 때문일까?

그녀는 정말이지 싸가지가 없는 것으로 유명했다.

어떤 방식으로든 연예계에 종사하는 사람이라면 누구나
다 알고 있을 만큼 말이다.

강혁의 경우는 과거 이미숙의 노리개였을 시절에 그녀에
게 봉사하며 강하영에 대한 이야기를 들었었다.

가끔씩 짜증이 머리끝까지 올라서는 강하영을 욕하는 말
들을 하며 이런저런 이야기들을 단편적으로나마 풀어놓곤
했던 것이다.

그때마다 강혁은 그녀의 스트레스를 고스라이 받아 내어
주며 고생을 해야만 했었다.

아무튼, 정리하자면 강하영은 스타엔터의 골칫거리 중의
하나였다.

도무지 통제가 되질 않는 꼴통 중에 꼴통!

심지어 그녀는 히트작 이후에는 지난 몇 년간 드라마 한
편을 찍은 것 외에는 배우로써 어떠한 활동도 한 것이 없었
다.

그나마 찍었던 드라마도 시청률 4.7퍼센트의 처참한 성
적으로 망했었고 말이다.

하지만, 그럼에도 불구하고 여전히 그녀가 스타엔터의

간판 스타로 자리매김하고 있는 이유는 무척이나 간단했다.

바로 돈이 되기 때문.

굳이 영화나 드라마를 찍지 않아도, 그녀는 여전히 대중들의 인식에서는 스타의 반열에 자리매김하고 있었다. 잊을만하면 화장품이나 술 광고 등으로 TV속에 얼굴을 비추기 때문이었다.

간간히 들어오는 광고들의 몸값으로 얻는 수익만으로도 강하영은 회사의 입장에서는 절대로 버릴 수 없는 존재였다.

'덕분에 주변 사람들은 다 죽어나가는 모양이지만 말이지.'

그녀가 사소한 일로도 매니저나 코디 등을 갈아치운다는 것은 업계에서는 꽤나 유명한 이야기였다.

데드문은 헬리콥터가 추락하는 충격적인 장면을 마지막으로 훌륭히 1시즌은 마무리 지었다.

마지막 화인 10편 방송 당시 시청자 수는 무려 2300만 명!

그야말로 역대급의 기록이었다.

덕분에 데드문의 제작사 측에서는 벌써부터 시즌 1의 블루레이판 DVD를 제작 판매 개시 중에 있었고, 출연진들은 모두 여기저기 불려 다니느라고 바쁜 스케줄을 보내고 있었다.

심지어는 2화 만에 광탈했던 메이 역의 배우 루시 웡이나 잠시 잠깐 등장했던 단역 배우들까지도 바빠지고 있는 실정이라니 데드문의 시즌 오프가 지닌 파괴력을 익히 짐작할 수 있으리라.

그렇게 모두가 바빠지는 와중에서 누구보다 바쁜 일정을 보내고 있던 강혁은 오랜만의 휴일을 맞이하고 있었다.

기계도 아닌데 연예인도 쉬는 날 정도는 있어야 되지 않겠느냐는 종욱의 지론 때문이기도 했지만, 그보다는 강혁의 강력한 요구가 있었기 때문이었다.

'슬슬 시기가 오는 것 같으니까.'

뭔가 피부가 따끔따끔하면서도 간간히 모골이 송연해지는 듯한 느낌.

그것은 바로 지옥의 문이 곧 열린다는 징조였다.

지난번에는 딱 한 달만에 열려졌던 문이 2달하고도 2주가 가까워지는 시간만에 다시금 그 징조를 드러낸 것이다.

때문에 강혁은 예정되어 있던 스케줄들을 다 뒤로 밀어버리고 사흘이나 되는 금쪽같은 휴일을 얻어냈다.

'…쫓기듯이 들어가는 건 싫으니까 말이지.'

고작 두 번이긴 하지만 그래도 이젠 강혁도 나름대로의 경험자라면 경험자였다.

이번에는 또 어떤 지옥 같은 곳에서 눈을 뜨게 될지 모르겠지만 어쨌든 그곳에서 살아남기 위해서는 무엇을 해야하는지 이제는 확실히 알고 있는 것이다.

지옥에서 중요한 건 무엇보다도 마음가짐이었다.

소년 만화 주인공이라도 된 것처럼 용기나 열정, 희망 따위의 택도 없는 감정론을 말할 생각은 없었다.

그런 간지러운 것들을 떠올리기에 지금껏 겪어왔던 지옥은 정말이지 꿈도 희망도 없는 곳들이었으니까.

'다만 중요한 건… 버틸 수 있느냐 없느냐 하는 거지.'

물리적인 것을 이겨내기 이전에 정신이 버텨낼 수 있느냐 없느냐가 지옥을 이겨내는 관건이었다.

사실 강혁도 지난번에는 몇 번이나 '포기'라는 단어를 떠올렸었으니까 말이다.

그러니까… 가기 전에 최대한 준비를 해두는 편이 좋은 것이다.

지옥을 마주하게 될 마음의 준비 말이다.

"어차피 가게 되면 또 금세 무너지게 될 테지만 말이야."

하지만 그런 생각과는 달리 강혁은 이제 이틀째로 들어선 휴가를 만끽하고 있었다.

만끽이라고는 해도 결국에는 방에 틀어박혀서 게임에 몰두하고 있을 뿐이지만 말이다.

[띠링! 파오후맨님이 친구 요청을 하셨습니다.]
[띠링! 날가져제프홍님이 친구 요청을 하셨습니다.]

"에이씨~ 겜 하는데 귀찮게!"
강혁은 한숨을 내쉬며 게임화면 정중앙에 떡하니 떠오른 메시지들을 다급히 아래로 내렸다.
지난번 코너쇼에서 게임 아이디가 나간 이후로 접속만 하면 어떻게 알았는지 친구요청 세례가 넘쳐나고 있었다.
순수하게 팬의 입장에서 요청을 거는 경우도 있었고, 코너 쇼에 나왔던 강혁의 컨트롤에 관심이 생겨서 파티 플레이를 권하는 사람도 있었지만 대부분은 그저 트렌드를 따르는 것처럼 재미로 걸어대는 사람들이 대부분.
강혁도 처음에는 그 모두를 수용하려고 노력하며 팬들을 모아놓고 채팅으로나마 간단히 팬미팅을 하기도 했지만 그게 저그 떼라도 된 것처럼 끝없이 밀려들자 결국에는 포기할 수밖에 없었다.
초대가 오건 말건 무시하기로 한 것이다.
그런데도 불구하고 초대는 계속해서 날아들고 있지만 말이다.

물론, 월드 오브 레전드 와치에는 친구 초대 차단 기능이 있었으며, 심지어는 귓말을 차단하는 기능도 있었지만 강혁은 그것들을 사용하진 않았다.

미련한 고집이라고 할지도 모르겠지만, 어쨌든 일생에 처음 가져보는 그의 팬들인데 다 받아주지는 못할지언정 최소한 밀어내고 싶지는 않다는 생각에서였다.

"흠, 그나저나 이것도 슬슬 질리네."

레벨은 이미 만렙을 달성한지 오래였고, 최종 컨텐츠인 '명예의 전장' 역시도 다이아 리그 정도에 이르자 모든 게 다 똑같아 지는 느낌이었다.

원래 고수가 되면 될수록 정형화될 수밖에 없는 것 아니겠는가.

그래서 싸움도 원래 고수들의 것보다는 하수들의 것이 더 재밌는 법이었다.

"음. 벌써 2신가."

시계를 보니 막 오후 2시를 향해가고 있는 시간이 보인다.

그대로 게임을 끄고 의자를 밀어 물러난 강혁은 늘어져라 하품을 하고는 기지개를 폈다.

"배도 고픈데… 밥이나 먹고 와야지."

다행히도 강혁의 집 근처에는 제법 알아주는 메이커의 햄버거 집에 있었다.

인앤오버나 첵첵버거에는 미치지 못하겠지만 가깝다는 점에서는 상당히 만족스러운 가게였다.

그렇게, 대충 옷을 차려입고 막 집밖을 나서려는 참이었다.

-문 리버~♪

"음?"

돌연 모르는 번호로부터 전화가 걸려왔다.

"…뭐지?"

잠시 고민하던 강혁은 이내 전화를 받았다.

-여보세요? 혹시 강혁 씨 폰 맞나요?

수화기 너머에 들려온 목소리는 꽤나 나긋나긋한 느낌이 드는 남성의 것이었다.

"맞는데… 누구시죠?"

-아~ 다행이네요. 캐서린 양한테 전해 받으면서도 혹시나 했는데…….

캐서린 그 여자는 왜 허락도 없이 남의 번호를 뿌리고 다니는 거야?

확~ 차단해 버릴까보다.

아, 참고로 캐서린은 얼마 전 데드문의 작중에서 죽음을 맞이한 창녀 출신 캐릭터 멜리사 역을 맡았던 배우 캐서린 윤을 말함이었다.

강혁과는 이전에 썸씽이 있을 뻔도 했지만, 필사의 인내

(?)로 동료 이상의 존재로 가는 것이 무마된 전력이 있는 여자.

지금 그녀와는 간간히 톡으로 대화 정도를 주고받는 수준의 사이였다.

"그래서… 무슨 일이시죠?"

한숨을 내쉬며 물어보자 남자는 누가 듣고 있기라도 한 것처럼 한껏 목소리를 낮추며 말을 걸어왔다.

-저… 그게… 전화로는 얘기하기가 좀 그런데 괜찮으시다면 지금 바로 만나 뵐 수 있을까요?

"…지금 보자고요?"

-네. 분명히 강혁 씨는 지금 휴가 중이라고…….

하, 그건 또 어디서 들었데?

재차 혀를 찬 강혁은 최대한 띠꺼운 목소리로 답했다.

"쯧, 어이가 없네요."

-…네?

"다짜고짜 전화해서는 누구인지 밝히지도 않고 만나자고 하면 제가 나가서 만나줘야 합니까? 예의를 지키시죠. 저는 더 이상 할 말이 없을 것 같으니 이만 끊겠습니다. 그럼 이만."

그렇게 말하며 즉시 통화종료 버튼을 누르려는 순간이었다.

-자, 잠깐만요! 잠깐만 기다려주세요!

다급하게 들려오는 목소리.

"……."

이윽고 변명의 말이 전해져 왔다.

-제가 의욕이 앞서서 무례를 범했네요. 죄송합니다. 저는 김성욱이라고 하고요. 작지만 소속사 하나를 운영하고 있어요. 그리고 현직으로 활동하는 시나리오 작가이기도 하구요.

엥? 소속사? 거기에 시나리오 작가라니…….

이건 대체 무슨 조합이야?

그에 고개를 갸웃거리며 수화기 너머의 상대에게로 질문을 던지려는 순간이었다.

찌이이잉-

돌연 뇌리를 관통하며 울리는 소성.

동시에 눈앞이 핑 돌며 하얘지기 시작했다.

그리고….

시야가 급격히 멀어졌다.

〈3권에 계속〉

포식의 군주

집필하던 글의 주인공인 된 태랑!
포식의 군주로서 인류를 구원하라!

3류 소설가 김태랑은 어느 날 기이한 꿈을 꾼다.
소재 고갈에 목말라 하던 그는,
꿈속의 이야기에 영감을 얻어 차기작을 집필한다.

하지만 꿈속의 내용이 현실로 펼쳐지면서
인류는 멸망의 위기에 처하고 만다.

스스로 예지몽의 주인공임을 인식한 태랑은,
미리 알게 된 지식을 바탕으로 인류 해방을 위한
구도의 길에 나서게 되는데…

인류를 구원할 태랑과 동료들의
다이나믹한 모험이 시작된다!